我在上海开出租

黑桃 著

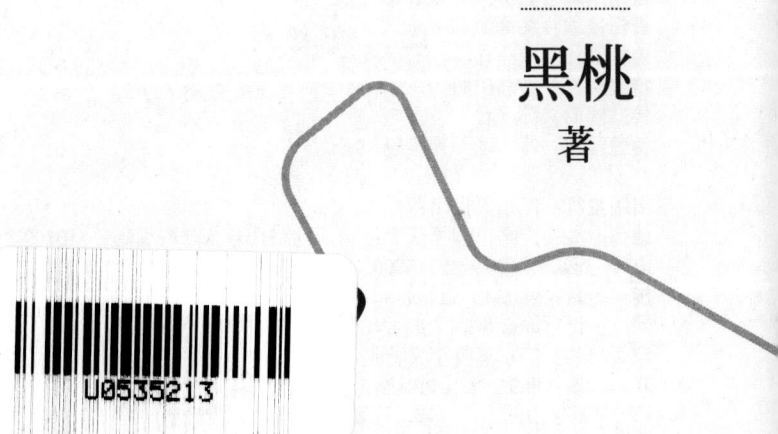

广东人民出版社
·广州·

图书在版编目（CIP）数据

我在上海开出租 / 黑桃著. —广州：广东人民出版社，2024.3
（万有引力书系）
ISBN 978-7-218-17386-3

Ⅰ.①我… Ⅱ.①黑… Ⅲ.①纪实文学—中国—当代 Ⅳ.①I25

中国国家版本馆CIP数据核字（2024）第022880号

WO ZAI SHANGHAI KAI CHUZU
我 在 上 海 开 出 租
黑桃 著

版权所有 翻印必究

出 版 人：肖风华

丛书主编：施 勇 钱 丰
责任编辑：黄炜芝 陈 晔
营销编辑：龚文豪 张静智 张 哲
责任技编：吴彦斌
装帧设计：董茹嘉
特邀合作：番茄出版
特邀顾问：孙 毅
特邀营销：黄 琰 侯庆恩

出版发行：广东人民出版社
地　　址：广州市越秀区大沙头四马路10号（邮政编码：510199）
电　　话：（020）85716809（总编室）
传　　真：（020）83289585
网　　址：http://www.gdpph.com
印　　刷：广东鹏腾宇文化创新有限公司
开　　本：889毫米×1194毫米　1/32
印　　张：10.5　字　　数：180千
版　　次：2024年3月第1版
印　　次：2024年3月第1次印刷
定　　价：59.00元

如发现印装质量问题，影响阅读，请与出版社（020-85716849）联系调换。
售书热线：（020）87716172

名家推荐

如果文学最可贵的品质在于生活本色，那么《我在上海开出租》就是最为真实的生活本身。不管是启明星高挂的时刻，还是春风沉醉的夜晚，或是闷热的午后，出租车上永远有不同的人们，不同的生活。随时有最赤裸的人性，也有难以捉摸的人生。读读这本书，突然间可以了解生活那么多侧面，突然觉得有那么多不同的人，或许从此不再觉得孤独。

——陈晓明（北京大学中文系教授）

《我在上海开出租》既像出租车版的《深夜食堂》，又似现代小人物的"三言二拍"，有人间烟火，又尽显众生百态。语言轻松幽默，观察细致入微，读之恍如认识了另外一个中国。

——谢有顺（中山大学中文系教授）

在魔都开出租是什么感受？作者以亲身的经历，向读者描述了行车途中万花筒般的所见所闻，在都市的纹理深处，展示不同的人生。上海的魅力，在于其大，每个人都是匆匆的过客，留下了各自的故事。

——许纪霖（华东师范大学历史学教授）

黑桃的《我在上海开出租》，在地，在场，不单单提供了一个出租车司机观看市井百态的视角，同时也恢复了一种本雅明意义上的"讲故事的人"的传统。他以"纸上广播"的方式讲述自己的街头见闻，把远方的故事带给远方的人们，这种更广大意义上的文学形式，既构成了文学另一种隐秘而又确实的存在，也为越来越职业化和专业化的文学创作提供了新的可能性。

——李修文（湖北省作家协会主席）

《我在上海开出租》这本书让人想起上个世纪九十年代流行的《编辑部的故事》《我爱我家》《候车大厅》这类电视剧，以一个小型空间节点作为媒介，看遍人间百态，不同的是黑桃所在的空间和媒介更具有流动性。通过这些碎片化的浅描快照，用作者的话说是"只言片语探究到无垠宇宙的一个角落"，读者可以窥见当代人与人，人与城市如何连接在一起。

——刘海龙（中国人民大学新闻学院教授）

把与萍水相逢的乘客的交谈逐字逐句地认真记录下来，作者黑桃用文字的黏性与温度，让在这个孤独横行的社会里生活的人们，得到心灵的休憩与慰藉。

——黄灯（《我的二本学生》作者）

这本书精确地道出了繁花的另一面相——在魔都开出租是有福的，如果你善于倾听。入夜，乘客跳出自己的玻璃气泡，在车上分享那短暂的放松和真实。此时此刻，上海即巴黎，是一席流动的盛宴。

——邢斌（临沂大学文学院教师）

RECOMMENDATION

推荐序

◆◆◆

2021年初夏,中篇非虚构作品《我在北京派快件》和《我在上海开出租》同期刊发于《读库2103》,甫一推出,这两篇"双峰对峙,二水分流"的文章就获得了众多读者的好评。2023年,胡安焉出版了非虚构作品集《我在北京送快递》,并以此被评为"豆瓣年度作者";我们手中这本书则是完整版的《我在上海开出租》。

"北京"胡安焉细腻深邃,段落间闪烁智慧的金句;"上海"黑桃则从容温暖,别具一种迷人的气质。读者将黑桃的故事称为"出租车版的《深夜食堂》","满载人间烟火,令人感到新奇,也能抚慰人心"。黑桃故事之迷人,我想可能源自其平实温和的喉音;这是他天生的。作者无意于引领我们去经历一场"繁花"奇遇记,因为奇遇总是糖霜,很甜,很短暂。沉静的叙述带我们跃入真实:细碎的对话、心理的波纹、情绪的小小爆裂。一种更深的真实。

收到试读本后,我已经沉浸其中二十多个小时。实际上,现在是第三遍重读,我边读边写,读得比前两遍都要慢。总是这样,蛋糕越甜美,我们品味的节奏就越舒缓。

在第三个小时（第一遍读到三分之二处），我按下了暂停键。一个问题跳了出来：作家最好的工作台应该是什么样子？

这可是个大哉问。

我想我摸到了钥匙——作家与现实世界之间，最好的那把椅子，就是出租车的主驾。

年轻的时候，我觉得作家的烦恼主要是如何写故事。这么多年过去了，我逐渐明白，作家的主要痛苦是因为没有真正的故事可写。我们呆坐在书桌前，在自己的记忆里挖呀挖，挖出来的故事真令人泄气：没多大意思，生硬，做作，强行增重，自己读着都烦。那句话原话是怎么说来着？"荷马有个经久不衰的、被人用滥了的比喻：生着翅膀的语言。别人谈话中的只言片语就长着翅膀，它们宛如蝴蝶在空中飞来飞去，趁它们飞过身边一把逮住，那真是一件乐事。"黑桃引用这句话的时候，一定是体验到了吉尔伯特·海厄特"偷听谈话的乐趣"。这才是作家该干的事！真是对虚构的解放！这句话如此轻盈，我从旁边经过时，根本没有意识到它已经咔哒一声打开了困扰我多年的那份痛苦。

  在出租车主驾的位置上，黑桃与乘客分享着一场场新鲜的小戏剧。乐观的四十岁平衡车爱好者要去买栗子，他不久前被公交车轧断了一条腿（《北方狼》）；乘出租车从上海回盐城，迅疾又跳上车返回上海的女孩，让两位大男人面面相觑（《谜一样的女孩》）……还有更生猛鲜活的：富有私奔经验的小叔出谋划策，助一对青年远走高飞（《私奔世家》）；惊魂未定的"百家乐"赌场女观众，幸运地保住了财又免了灾（《看守所惊魂记》）；拯救深陷南派传销的振江，司机你必须参与（《惊险解救》）……从高处看，平凡众生瞬间的磕磕碰碰算不上什么"历险"，更不必说"奇遇"。但这些历史不会收录、戏剧也会婉拒的小故事，正是文学之核，正是人性之镜，正如黑桃所说的，"生命的有趣之处正是在这种确定与不确定之间"。

  2019年在上海体验出租车司机的经历，夹在黑桃文学性非常浓的岁月间，有一种粗粝的诗味。对此，黑桃是这样形容的，"我熟练地开车前行，像轻轻摇动一艘悠然的船，摆渡着这座城市与我有缘的乘客。"与之结缘的，是恍若等待戈多的逃单女（《一个女人去教堂》），是沉没于太平洋百货的怨婴之歌（《宝贝对不起》），是盘旋在魔都云雾间的青龙（《龙柱之谜与澳大利亚》）……这些幽暗船客，浮浮沉沉，若隐若现，凝聚成洋泾浜英语、华北方言、导航提示音与老克勒发蜡香气杂相交融的魔都云雾。独属于现代都市的诗性，对，我想说的正是本雅明的巴黎。

关于困扰我许久的那份痛苦，我曾经找到过答案。那是庞德（Ezra Pound）说的，"Fundamental accuracy of statement is the one sole morality of writing."（陈述的基本准确性是写作的唯一道德准则。）庞德的话总有些绕，但基本上是准确的。他的意思是说，叙述并不重要，重要的是故事足够结实。当然，这个真实，既是现实层面的真实，又是潜意识的真实。如果没有黑桃引领，我可能永远注意不到那对按图索骥的东北夫妻暗自神伤（《上海欺负人》），听不见出走孟津已大半生的台湾老者发出"李先生"的陌生腔调（《八旬老人》），难以体会错位的对话中濒临爆发的激情（《突然的爱情》）。我可能与他们多次擦肩而过？

但首先我必须得有那对精准的耳朵，必须坐在那个恰如其分开展近距离侦听的主驾上。坦率地讲，我有些嫉妒：像旧木船上的老渔夫，正在嫉妒崭新邻船上丰硕的渔获。

所有人类发明的巧计，可能都有毒。比如，虚构。虚构固然美丽，但它的美丽是化合物，是化妆品，是遮蔽。由虚构撑起来的小说，正无可挽回地走向它的终点。我喜欢"笨重"的故事——笨重者有力，力量来自真实，来自于黑桃克制到木讷的叙事风。他隐身，只记录、不发言，以如此拙笨的方式展示如此"繁花"的上海众生相。慢悠悠地第三遍沉浸，我想起了伊朗导演阿巴斯，他在《十段生命的律动》中展示了一种"捕捉真实"的独特技巧：仪表台上的摄像仪记录了女出租车司机车厢内的十段长镜头，"以一种极度非知识分子的方式，为电影带来新鲜感和重量"。

幸运的是，我们手中这本书容纳了更丰富的长镜头。角色更复杂，角度更多元，更有韵味。黑桃纯以白描记录拒绝催婚的可爱女孩（《戴渔夫帽的女孩》），将无限情伤深埋上海的武汉姑娘（《握不住的沙》），东山再起的山东大哥（《江桥批发市场》）、过度熟化的一群男童（《黑童谣》）、中英双语吵架的精英青年（《起跑线》），迹近速写，不少故事却隐藏着令人久久感喟的"前史"。他们吐露往事的瞬间，应该有一股遏不住的激情吧？当然，推开车门，谁都会立即带好面具，在人潮人海中继续扮演既定的角色。

近年来，陈年喜、杨本芬、王计兵、胡安焉、范雨素的作品昂首大步跨入文学殿堂，广受读者的关注，我对《我在上海开出租》也同样抱有信心。"素人写作"为何动人？李敬泽一语挑明："非虚构是在真诚和真实两个意义上的承诺。"因为这些"素人"的文字一字一句皆从泥土中来，都带着亲历者的体温和心跳。因为他们劈开了坚硬的茧房，几乎是头顶着摄像机抵近底层在为我们直播，极具现场感。这种"双重意义的承诺"，既是为我们读者，也是为他们自身。正因如此，这样的文字天然具备更野性、也更充沛的诗情。

临沂大学文学院教师　邢斌

PREFACE

自序

有一天，日本的一个出租车司机遇到一位中年男乘客。上车后，那位中年男人指着前面的一辆保时捷问："那辆车子漂亮吧？"

出租车司机说："那还用说，保时捷当然漂亮！"

中年男人十分得意地说："那是我的车！"

司机非常疑惑，问道："是你的车，你怎么不开呢？"

中年男人说："你傻啊！我自己开，不就看不见我的保时捷了么？"

这个中年男人就是著名导演、演员北野武。原来，北野武一朝成名，有了钱，买了最新款式的保时捷，却因为看不到自己豪车行驶的样子而闷闷不乐，所以才想到如此一招，让朋友开着他的车，自己打车，看保时捷帅气前行。

在我的出租车司机生涯里，没遇到过北野武这样霸气到有些缺心眼的人，但邂逅了更多别的有趣乘客。这些乘客和他们的故事，有的平平淡淡却充满玄机，也有的曲折到让人啧啧称奇。说到底，是出租车这种载体和形式，让我得以接触到如此多有意思的人。

最知名的出租车司机,是个虚构的形象——电影《出租车司机》里的出租车司机特拉维斯,由罗伯特·德尼罗扮演。这个经历过越战的退伍军人,用一辆出租车讨生活,同时安抚受战争创伤的灵魂。尽管每天在灯红酒绿的纽约街头巡游,但他却始终跟这个光怪陆离的世界格格不入。电影所营造的冷漠悲凉的气氛,以及人与社会之间的疏离感,令人印象深刻。

而在我的印象中,中国的纽约就是上海。如果有朝一日,我能够驾驶一辆出租车,在上海的楼山路海、灯火辉煌之中穿梭来往,该有多好!

阴差阳错地,我竟然得到了这个机会,成了一名手握方向盘的"街头巡游者"。

在人生的前三十五年,我基本都在北方混迹,从未来过上海。这座高楼林立、充满故事的城市,只存在于我的有限想象与无限向往中。我知道自己总有一天会来,而以职业司机的身份来邂逅它、认识它,无疑是最好的。唯有这样,才能够把上海的每一条路、每一栋楼甚至无名的角角落落都看一看,虽然有走马观花之嫌,但一个路网交错的上海，必定会在记忆中存在更久。

在老上海人这里，出租车司机被叫作"差头"司机，这个词来源于英文"charter"，意思为"租用，包租"，属于典型的洋泾浜英语。

洋泾浜原是上海的一条小河浜，后来被填平筑路，就是如今的延安东路。当时洋泾浜分割着英法租界，两岸商业发达，为了和洋人做生意，中国人开始学外语。于是，一种土洋混杂的"洋泾浜英语"就此诞生，用词简单，以汉语语法为主，很多是英文词汇和汉字词语一对一的直译。比如 no can do（不能做），lose face（丢脸），long time no see（好久不见），people mountain people sea（人山人海），one piece how much（一张多少钱）。还有的夹杂着汉语的音译，比如描述一起车祸：One car come, one car go, two car peng peng, people die！（两车相向而行，撞到一起，砰砰！人都死了！）这听起来滑稽可笑，但也简洁而神奇地表达出事故经过。

洋泾浜英语主要被用于口语交际，在历史发展中大多数词语逐渐消失，但其中一些音译词却有着很强的生命力,最终成为汉语正式词汇的一部分,比如马达(motor)、幽默(humor)、巧克力(chocolate)、三明治(sandwich)、俱乐部(club)、霓虹灯(neon light)等。还有的作为方言依然在使用,比如老虎窗,即roof窗,指在屋顶上开出的天窗;比如瘪三,出自乞讨用语beg sir,用来形容乞丐,后来词义扩充到社会闲散人员、居无定所者、小偷、肮脏猥琐之人等;再比如老上海人口中的"差头",也就是出租车。

在一百年前,出租车司机相当于上海的黄包车车夫,也算是一个不错的营生;在二三十年前出租车蓬勃发展起来时,出租车司机收入颇高,简直可称为当时的金领,姑娘们都抢着嫁;哪怕是十多年前,出租车的牌照动辄价值几十万元,在大城市甚至能炒到上百万元。

时代在发展,属于出租车行业的鼎盛时期过去了,网约车占据了原来出租车的一部分份额。具体到上海,司机老师傅在经年累月的操劳之下,基本上都能买两三套房子,相继退休,而年轻人又有更多赚钱的门路,愿意来做这份差事的人少了很多。出租车公司只能去经济相对薄弱的崇明招募驾驶员。渐渐地，崇明人开出租车的也少了。于是，这行业不得不放开户籍限制，允许像我这样的外地人入行。

如今，上海有大约四万辆出租车，七万名以上的出租车司机，每年服务超过四亿人次，每年累计行驶五十亿公里以上，至少可以绕地球十二万圈。

有朋友问我："在这网约车发展如火如荼的时代，要开也是开网约车，你干吗要去开出租车？"

我反问："有区别吗？"

中国网约车的发展模式，与别国不同，跟出租车的区别越来越小了：网约车渐渐地也增加了租车、雇用司机的模式，出租车也像网约车一样有了很多接单的平台，两者之间的界限越来越模糊。

无论是在欧美还是在中国，在前些年，出租车行业都遭受到了来自网约车的强烈冲击，收益下跌严重。但随后经过一系列应对和变革，再加上网约车补贴战结束，许多投机的车辆腾退，出租车司机的收益回升到原来的七成到八成，并且长期保持稳定。

开出租车确实没有以前赚钱了,这是大家的共识,但为了生存,司机师傅们依旧奔波在路上,有人退出,也有人加入。

出租车司机最遭人诟病的是什么?当然是拒载、绕路、挑乘客、乱要价等。当然,就像大多数快速赚钱的方法都在《刑法》里一样,这些所有让乘客反感甚至气愤的,都早已写进职业规范明令禁止的条文里。

有一次,听见一个女乘客跟她的同伴聊天:"你知道为什么我从不坐网约车吗?"

她的同伴说了几条理由,她都否认了,最后说:"现在大部分网约车都是电动汽车,那么多电池,辐射太大了!"

这种顾虑可以理解,但她的说法其实没什么根据。科学测试证明,日常生活中遇到的各种电磁辐射,都远远没有大到对人体产生不良影响的程度。

有人吐槽出租车,也有人吐槽网约车,出租车有拒载的,网约车也有绕路的。大多数时候,职业司机的表现,不在于组织形式,也不在于规章制度,而在于个人的道德准则，更重要的是企业对司机的有效约束、监管与处罚。

　　我的职业观很简单，就是遵从职业操守、追求业务的熟练精进以及享受其中的乐趣。在我这里，职业操守不是问题，业务的掌握也会随着时间的推移更加熟练，那么如何享受其中的乐趣呢？

　　我是很喜欢驾驶的，虽然对车没有太多的研究，但开车在路上的感觉真的很好。刚开始我在上海开出租的时候，对道路不熟悉，手机导航就成了我以及很多初来乍到的司机不可或缺的工具——这是科技发展给人带来的便捷。当然，导航只是一个工具，你得对这座城市的道路有直观上的感受，慢慢熟悉之后，在脑袋里装下一张明明白白的地图，可以利用导航，而不能完全依赖导航，正所谓"尽信书不如无书"。

　　当对上海熟悉起来之后，我心底的轻松与自信，就变得十分活跃了。我没有像特拉维斯那样，与灯红酒绿的大都市充满疏离和隔阂，毕竟上海也不是那个时代的纽约，况且我的心底也没有什么创伤。与之相反，就像进入大观园的刘姥姥一样，我觉得处处有趣，人人可爱，虽然偶尔也会遇见过分的人,但这个世界就是这样,你喜欢它的秩序与美好,也得接受它的瑕疵和不堪。

而且,生命的有趣之处正是在这种确定与不确定之间。确定的是,这一天我要出车,会到一些地方,遇见二三十个乘客;不确定的是,具体会去哪里,遇见的乘客都是什么样的人,就像抓鱼摸虾,就像开启盲盒,就像打开一本没看过的书,有诸多期待,而它往往也不会令人失望。

车辆已经清洗干净,座套已经换上新的,城市经历半宿的沉睡后正在一点点醒来。还犹豫什么?赶紧出发吧!

CONTENTS

目录

推荐序

自序

上海欢迎你 1
北方狼 2
看守所惊魂记 7
上海欺负人 13
老外们 19

有意思的人 27
一家令人神往的公司 28
反差萌 32
钱包去哪儿了 36
戴渔夫帽的女孩 41

跟乘客打太极 47
终于被投诉了 48
近似直线的绕路 54
失物送还 60
无法分类 66
正能量，负能量 72

男女之间 79
爱情是什么 80

私奔世家	*85*
不能琢磨的事	*91*
喝不惯的咖啡	*96*

神奇的逃单　　*105*

霸王单	*106*
谜一样的女孩	*112*

偷听　　*123*

奔现翻车	*124*
偷听的乐趣	*128*
一路宝石知多少	*133*

风雨人世间　　*139*

江桥批发市场	*140*
八旬老人	*146*
握不住的沙	*149*
惊险解救	*158*

孩子们　　*169*

胖子与小男孩	*170*
独自打车的孩子	*174*
黑童谣	*177*
童言无忌	*180*
起跑线	*185*

好女孩，好男孩   191

好女孩   192

突然的爱情   199

好男孩   203

达人秀   211

白发王者   212

边缘人物   216

不务正业的司机   220

一人饮酒醉   223

龙柱之谜与澳大利亚   229

见鬼   237

宝贝对不起   238

上海恐怖故事   245

跌跌撞撞的相遇   251

危险驾驶与至暗时刻   258

坑蒙逃骗偷   265

一个女人去教堂   266

派出所半日游   271

最佳表演奖   279

奇怪的人   292

后记   299

上海欢迎你

"师傅,去不去'照相'?"一个女孩问。

"照相?"我有点纳闷。

"去青浦'照相'啊!"她说。

"去青浦照相?"我反问着小声重复,心想,青浦我是知道的,上海西郊嘛,可跑那么远让我照相干吗?还是帮她照相?现在手机不都能自拍了吗?

"姓赵的赵,小巷的巷,zh-ao'赵',x-i-ang'巷'!"女孩有些无奈地说。她似乎看出来了,我对上海并不熟悉。

我恍然大悟,不禁羞愧地低下了前几秒还很傲娇的头。

那是我第一天在上海开出租。后来,我没少去"照相"。

北方狼

一天晚上,在浦东的一个小镇上,我通过打车软件接到一个单子。

乘客发消息说他定位准确。到达起点后,我看见一个男人拄着双拐从巷子口一步一步挪出来,还心想停车可不能影响这个腿脚不方便的人走路。停好车后,我正准备给乘客打电话,拄双拐的人已经慢慢移动过来,开了车门,艰难地往车里坐。

我正要说话,他说:"是我叫的车。"

我赶紧把他的拐放在不碍事的地方,看他把戴着不锈钢支架的一条腿艰难地挪进车里,心中惊呼:这腿是怎么回事?

这是个四十岁左右的小个子男人,有些瘦。一上车,他就说:"目的地是我随便定的。你帮我找个卖栗子的地方,我买点栗子。待会儿还把我送回来。"

我说:"前面不远处好像就有一家炒栗子的连锁店,叫'栗不了',我带你过去。"

我很好奇这位大哥的腿的情况。

一般来说,我想知道什么,就会知道什么。这次也不例外。

上车后,小个子便打开了话匣子。他说:"唉,我的腿断了,在北京接好后,没回家。我老婆在这里上班,我就来这儿了。来这儿屁用也没有,老婆给人家做保姆,也没多少时间管我!"

我问:"这事儿发生多久了?"

"一个多月了!动了个大手术,这会儿疼得还不是太厉害。但医生说,未来在骨头愈合的阶段,会狠狠地疼很长一段时间。北京的医生太搞笑,他问我,听过《狼》这首歌没?我说没有。他说,过段时间你就会像北方狼那样,牙龇着,为什么牙龇着?疼得牙龇着!你就准备着哭吧你!"

他说的时候自己笑了起来,把我也乐透了。医生既然这样跟他打趣,肯定在相互接触的过程中知道他是个乐观的、能开得起玩笑的人。

他又说起他的腿是被公交车轧断的。这时候,到了"栗不了"。

小店里老板娘一个人在。我把右侧玻璃窗降下,小个子朝老板娘喊:"来三斤栗子!"

老板娘说:"不好意思,栗子今天卖得快,已经没了。

不过还有别的干果。"

小个子喊道:"有什么好吃的,你拿过来让我看一下。"

老板娘可能会想,这个人架子挺大,买仨核桃俩枣的,不下车,还要都拿给他看。正好这时候,有别的顾客进店,于是老板娘对小个子说:"种类太多了,你自己下来看呗!"

小个子大声说:"我下不去!"

老板娘顾不上他,还是让他自己到店里选。我在座位上低下头,隔着断了腿的大哥朝老板娘喊:"他腿脚不方便!"

但是老板娘好像也没听清。

小个子急了,举起双拐喊道:"我腿断了!"

老板娘这才知道怎么回事,说:"你想要什么,我帮你拿。"

"就十多岁小女孩吃的零食,明天去朋友家,给他孩子带的。"

老板娘举起一个袋子说:"那就要开心果吧,一袋三十块。"

"可以,可以。"小个子把开心果接过来,很开心的样子,然后问,"别的呢?还有啥?"

老板娘说:"女孩嘛,推荐腰果,好吃,而且女生容易肚子疼啦、胃疼啦，吃腰果对这些都有好处的。"

最后，小个子对这两种坚果照单全收，用手机扫码付款，但是由于光线太暗，屡试不成功。他把手机递给老板娘，让老板娘去店里明亮处扫码，并且把密码大声念给老板娘听，让她直接操作。老板娘扫到二维码后，把手机递回他手里，笑着说："密码还是你自己来摁吧。"

回去的路上，小个子说："唉，我不好意思说是自己吃的，只能讲是给小女孩的。你说，这腰果就是腰子果吧？男人吃了肯定也有好处，对吧？"说完他嗤嗤地笑了起来。

我终于忍不住了，好奇地问："公交车怎么会轧到你的腿？"

"平衡车！都是因为平衡车！那天傍晚，我踩着平衡车在路上走，突然电话响了。电话不是装在我裤兜里么？我就用手去掏，没掌握好平衡，突然就滑倒了，正好把一条腿插在旁边公交车后轮底下！"

听他说到这里，我仿佛听到了骨头碎裂的声音，心里咯噔一下。

他继续说："当时我就疼得昏迷了。后来司机说，他从后视镜里看到我，轧上来的时候他没敢踩刹车，要是踩了，骨头肯定被碾碎了。你想想，公交车，都是后置发动机，那么大的重量，轧断腿很轻松！说实话，能捡回来一条命就不错了！"

我不由得感叹一番，然后问："那医药费公交公司不得全包吗？"

"什么啊，其实责任在我，平衡车在大马路上是不能走的！不过公交公司挺仗义，很够意思，看我没什么钱，主动给我报销医疗费，前后花了人家三十多万！命能捡回来，腿还能接上，已经很不错了，我知足了！"

看来，他还真是个乐观的人，心放得比较宽。想想也是，事已至此，天天唉声叹气并不能改变事实，更不能减轻痛苦。

后来路过一家副食店，他嘱咐我停下车，朝老板喊："老刘，给我拿一瓶二锅头，一包利群烟，再捏几个花生。我这儿还买了两包干果。明天啊，我就不出门了。"

付完款后，我把他送到来时的巷子口。临下车前，他说："苦日子还在后边呢，现在腿疼了，喝几口酒还能忍过去，往后会更疼——但总比截肢强！"

希望这匹有意思的"北方狼"能早日康复。

我开着车继续游荡在大街上，情不自禁地哼起来："我是一匹来自北方的狼，走在无垠的旷野中。凄厉的北风吹过，漫漫的黄沙掠过，我只有咬着冷冷的牙，报以两声长啸……"

看守所惊魂记

"师傅,去不去'照相'?"一个女孩问。

"照相?"我有点纳闷。

"去青浦'照相'啊!"她说。

"去青浦照相?"我反问着小声重复,心想,青浦我是知道的,上海西郊嘛,可跑那么远让我照相干吗?还是帮她照相?现在手机不都能自拍了吗?

"姓赵的赵,小巷的巷,zh-ao'赵',x-i-ang'巷'!"女孩有些无奈地说。她似乎看出来了,我对上海并不熟悉。

我恍然大悟,不禁羞愧地低下了前几秒还很傲娇的头。

那是我第一天在上海开出租。后来,我没少去"照相"。

美国一个脱口秀演员说过这么一句话:"以前大家都喜欢嘲笑我,我想,去他们的,干脆收他们点儿钱。"我也是这么想的,既然我喜欢开车,为什么不天天开车,顺便赚一些钱？于是，我来到了上海，决心要做一个最骄傲、最阳光、最有趣的出租车司机。

没有背景，不去北京；来到上海，感受伤害。内环以内动辄一平方米七八万乃至十多万元的房子，深深地伤害了我这颗曾被女人伤害过的心。好在我对上海的房子，就像对绝大多数女人一样，没有什么非分之想。在租来的小房间里，我依然能睡得很香。

初来乍到，还没入职出租车公司的时候，我就感受到上海的国际化气息了。不是在摩天大楼林立的陆家嘴，也不是在老外遍地走的黄埔、静安，而是在一家小小的面馆里——一个女孩说："老板，两份红烧牛肉面，一份在这里吃，另一份打包带走，打包的是plus的。"看看，随便一个市民，说话都这么洋气！

第一位乘客是从高行镇到上海环球金融中心的金领，年轻优雅，文质彬彬。途中他接听电话，一开口就是流利的英语。只可惜我除了"taxi""coffee"之外，再无一词能够听懂，那一瞬间好想回学校问校长要回当初交的学费。

就像我们知道阿姆斯特朗是第一个登上月球的，而第二个、第三个我们却都说不上来是谁一样，我也仅仅对我的第一个乘客印象深刻，当天其他的基本上都不记得了。不过还好，后来我又遇到了很多有趣的人，包括第一周遇到的那个女人。

那天下雨了，小雨。雨中的人们，比晴天的更为匆忙。有风，雨斜着落下来，从白天一直落入黑夜。在一个偏僻的街道，一个女人喜出望外地朝我招手。

她高兴地上车，告诉我她的目的地之后，又说道："哎呀妈呀，吓死我了，终于出来了。"

夜幕下，看不出来她的年纪。是二十五六岁，还是三十岁以上？

她又重复道："吓死我了，吓死我了。"

显然，她想说点什么。于是我问："怎么回事？遇见坏人了？"

她说："不是不是，我刚从看守所出来。"她一副惊魂甫定的样子，又透露出一丝兴奋。

不等我开口问，她又说道："我去看人家赌博，遇到警察来抓赌，把我也一块弄进去了！担心得都快有心脏病了，妈呀，好可怕好可怕！"说完开始抚摸自己的胸口。

我问："你没有上赌桌吗？"

她说："我哪有？我只是去看看，如果也参与的话就出不来了。"

这时候她的手机有电话打进来。她对着手机说："喂，老公，再过二十多分钟我就到家了。别着急啊，回家我再给你说。"

我说："看来你老公还不知道？"

她说:"对啊,昨天下午被抓进去,警察就开始调查,我把手机什么的都上交了!后来他们查清楚我没赌,办了手续,让我签了字。本来今天一大早就应该把我放出来的,但是警察给忘了,让我又在里面白白待了一天!以后再也不去看别人玩牌了!"

接着她又说:"哎呀!快急死我了,他们工作失误!明明我已经签了字,以为要出来了,然后没动静啦!我越等越着急!后来他们才发现把我给忘了,赶紧好声好气地给我道歉,把我放了出来。那些赌博的,不但要被罚款,而且还要被拘留,有的十天,有的半个月。"

我问:"他们玩的什么?"

她说:"玩百家乐!我是跟老板娘认识,才去看的。被抓进去以后,那老板娘相当淡定,看来是以前被抓过,有'经验'了,不过这次估计要被判刑。她老公肯定在外面想办法呢。"

接着她又说:"其实,我包里装有两万块钱,被抓进去后幸好没拿出来。有人悄悄告诉我别往外拿,我就把一些零钱、手机和银行卡上交了。如果把那两万块拿出来,说不定我也会有麻烦。"

我说:"那你真是太幸运了,不会是本来也打算跟着别人赌吧?"

她说:"哪有?我就是去看看,也怪我好奇,没看几眼呢,就被抓了。你说怎么这么赶巧,点子这么背?以后坚决不去那种地方,坚决不去了。"

对于她的这个说法,我有些不信,在这个几乎人人都用手机支付的时代,谁还会在包里装两万块的现金?尤其在赌场里。她应该是打算试着赌,但还没来得及参与。这个关头,警察来抓赌,等于救了她。她胆子这么小,受过这么一次惊吓,以后应该不会也不敢去赌博了。

再一个,她这心眼儿也不适合赌博,竟然告诉我她包里有两万块现金?幸好我是个遵纪守法的良好公民,否则她又要跟警察打交道了。这么说来,她真是太幸运了。

我轻声问她:"听别人说看守所里的伙食也不错的,是这样吗?别介意啊,我实在有点好奇。"

她说:"伙食能好吃到哪儿去?我是没心思吃饭,不过别人都吃得很香呢!尤其是赌场的老板娘,她竟然还睡得着!跟我关在一块的,什么人都有,有骗子,有'小姐',有吸毒的……有个大姐特别好,跟我说小姑娘你不要着急,不用太担心,看人赌博是不违法的。对了,听说还关了一个出租车司机!"

听到有同行被关的消息,我更好奇了,赶紧问:"怎么回事?跟人打架了?"

她说:"不是,是警察在他车上抓到吸毒的了。他被带过来一块接受调查,录口供,抽血化验什么的。"

我站在从业者的角度说:"这司机太他妈倒霉了,这得耽误多少活啊!"

她说:"那也没办法。在里面真长见识,不过长再多见识也不好玩,这种地方,我这辈子再也不想来了。"

她又接到老公的电话,对方依然很着急。她一个劲地说"回去再告诉你",然后商量着在小区附近吃什么,让老公带上伞,在路口接她。

晚高峰,又赶上下雨,车辆全都行驶缓慢。十多分钟后,终于把她送达目的地。一个看上去四十多岁的男人,撑着伞笑嘻嘻地站在路边。下车后,那个男人在她脸上轻轻拧了一把:"去搞什么了也不说,电话也打不通……"

女人说:"哎呀,别闹,快点吃饭去,我快饿死了。"

他们相互依偎着走远了。

在雨里人们匆匆忙忙地行走,撑伞的走得很快,没伞的走得更快。在上海,就算在不下雨的时候,人的步履也都匆匆忙忙,或为了生活,或为了生存。这座巨大的、川流不息的城市,接纳、包容着每一个努力的人。

上海欺负人

晚上十点多,我送几个年轻老外到外滩。他们不会说中文,但正巧"The Bund"我是知道的。晚上七点到十一点,正是外滩打车难的时间段。老外一下车,几拨人就争相涌过来。一对东北口音的情侣腿长,有优势,勇往直前,占得上风,上了车。

他们要去通北路的夜市,说是在上海排第一。我从没听说过这样的说法,也不记得通北路有多热闹的夜市,但不挑客、不拒载是出租车司机的基本职业道德,那就出发去通北路。

路上,我把自己的疑惑说给他们听。男人说:"去瞅一眼呗,反正没多远,一脚油门的事儿。"

然后,这对东北情侣开始吐槽,说陆家嘴的灯光熄灭得太早,这会儿过来没什么好看的了。确实,外滩对面陆家嘴摩天大楼上的装饰灯光随着夜越来越深逐渐减少,旅游淡季的时候熄灭的时间会更早。

他们问:"除了外滩,上海还有什么好玩的?"

我说:"城隍庙和豫园也是必游之地。"

男人说:"来外滩之前去过了。还有呢?"

我说:"迪士尼乐园,科技馆,田子坊……对了,还有野生动物园。迪士尼现在去正好,人少,不用排队。"

女人说:"老公,那我们明天就去迪士尼。"

男人说:"那好。哎,师傅,上海不是号称不夜城吗?为什么一到晚上,人这么少?广州晚上到处都是人山人海。"

我琢磨着说:"可能是气候不一样?现在天不是冷了么?所以晚上人少些。广州大部分时间天气炎热,夜里凉快,所以人们都在夜里出来活动。"

男人说:"也是,也可能是上海的人压力太大,娱乐时间少。"

到了通北路,并没有发现什么夜市,只有零星的两三家馆子。

男人纳闷地说:"网上说的排名第一,怎么会没有呢?第一名是通北路夜市,第二名是定西路夜市。"

我说:"定西路那边我知道,有不少馆子。"

男人说:"我再搜一家比较近的,我们去找找看。"

于是,他用手机搜索"××海鲜",有好几家店,选了一家距离一公里多的。

跟着导航走,到了地图上的位置,却发现并没有这家店，可能是饭店已经倒闭，关门大吉了。看来，地图上的信息有些过时了。

女人这时候有些烦了，说："老公，要不我们回去吧？广州到处都是大排档，你说上海怎么这个样子？"

男人不甘心，又搜索了一家店，也没多远，让我去那里看看。

我们走周家嘴路，从虹口往杨浦去。周家嘴路是著名的拐弯路，有无数个小弯。北横通道也是顺着这条路的方向修的，有的路段正在整修，被围挡围了起来。这片区域还有一个特点，那就是路两边全是低矮破旧的房子，也没有什么绿化。反正，街景不怎么好看。

男人喃喃道："这路边，是不是缺少点树？上海全是这样吗？"

我说："不啊，杨浦、静安、长宁，很多地方都郁郁葱葱。浦东树也多，绿化很好，尤其是陆家嘴那一块。"

女人说："上海太让人失望了，比广州差得远！上海都没有夜市吗？广州到处都是夜市、大排档，又热闹，又好玩。"

我说："你要说露天的大排档，上海还真没有，最起码我没见过。饭馆倒是多得很。上海人口基本上集中在外环内，甚至中环内，比较紧凑，寸土寸金，哪里有空地做大排档？"

男人说:"我问一个朋友上海怎么样,他说就那样,来了你就知道了。我今天算是大概知道了,真不怎么样。"

我有些了解了,他们想找那种全是露天大排档的夜市,那么上海大概率会让他们失望的。

离那家饭店几百米的时候,我拐错了一个路口,然后马上掉头往对的方向去。女人有些不乐意了,说:"师傅,你不要绕来绕去的啊!"

我最烦别人说我绕路,但这次特别能理解他们的心情,甚至听到他们的肚子在咕咕叫了,所以只淡淡说了一句:"我也没有绕啊。"说完后,我发现自己竟然也有点东北口音了。都说东北话能把人带跑偏,看来果然是真的。

到了男人搜索到的店,一看,一个毫不起眼的门头,坐落在冷冷清清的路口。坐在后排的女人火了:"老公,我们回去吧!车费都七十了,还没找到吃的地方!"

男人纳闷地说:"网上确实说这个店单项排名第一啊!师傅,那昌里路跟定西路离这里有多远呢?"

我说:"都得十公里以上。"

男人说:"那就回去吧,不吃了!"

往回走了两个路口,男人说:"最后再去找一家店,就这家,××碳烤,不到两公里。"

人就是这样,越是得不到的东西,就越想得到;越是吃不到嘴里，就越想吃到；越是找不到理想中的繁华夜市，就越想找到。可是，我心里有隐隐不安的预感，从脚后跟往头顶缓缓蔓延。

路上，女人说："在广州说起哪儿哪儿有夜市，出租车师傅都知道。上海怎么这样，吃得这么凑合？白天那个师傅不清楚，这个师傅也知道得不多。"

我心里想：是不是每个城市对"夜市"的理解，有些不一样？空气有些凝滞了，如果此刻有背景音乐响起，我想那一定是有些悲伤的低沉的小提琴声。

伴随着隐约的肚子咕咕叫声，我们终于到了那家满载着希望的"××碳烤"，门头上同时还有"××海鲜"的字样。但这儿没有露天的席位，没有热闹的人群，只有黯淡的小巷，黯淡的招牌，店里黯淡的灯光，以及同样有些黯淡的少数食客。

女人气急败坏地说："什么破地方啊！明天逛完迪士尼，我们就订机票回去！"

"我去他妈的吧！"男人低下头，有气无力地说，他的声音里甚至有些哭腔，"回酒店吧。上海，也太他妈的欺负人了！"

送他们回外滩酒店的路上，我一直想笑，然而毕竟我是有职业道德的，所以都努力憋回去了。后半程过了十一点，也过了十五公里，多出的部分加上夜间费、长途费，单价更高，达到一公里四块九，所以回酒店的八公里，增加了接近四十的车费。下车的时候，男人很无奈地付了一百二十六块。

这天晚上有没有发生别的事情我不了解，但很清楚地知道，上海，在两个外地游客的心里，已经崩塌成了一堆邪恶的废墟。

后来我查了一下，按照那对东北情侣的标准，上海确实是有过"夜市"的：20世纪90年代，乍浦路夜市曾经引领风骚，后来随着城市改造彻底消失了；进入新世纪后，寿宁路的龙虾火了起来，但也只是火了一段时间；临汾路的彭浦夜市更是灯火辉煌、人潮汹涌，可是随着卫生城市的创建也消失在历史的长河中。

土地资源的紧缺，城市化进程的发展，把上海的大排档、路边摊纷纷"赶"进了门店和商场。上海再也没有一个露天的地方，能搭起无数的五彩灯架，汇聚起烟火气十足的各色美食，让人们在熙来攘往、甚至有些喧嚣的气氛里放松身心，让味蕾彻底地狂欢。只有定西路、昌里路、板泉路等饭店密集的路段，还浮现出曾经辉煌烟火的冰山一角。

我想，如果那对男女没有刻意追求网络上过时的"第一"，而去了昌里路、定西路或别的什么地方，会不会失望少一点？

老外们

有一天大半夜,我在打车平台上接到一个单子。

当时我距离起点很近,然而老城区都是单行道,绕了一圈后,到达了乘客的上车地点。半夜的街道空旷至极,不远处一家便利店灯光通明,门前站着一个黑人男子。我想,会不会是他?应该不大可能。

正准备给乘客打电话,黑人男子上车了。

我问:"是去中远两湾城的吗?"

他的语速很快:"是的,是的,中远两湾城。"

我很惊讶,因为他的汉语相当流利。

车出发了,我夸赞他:"你汉语讲得很棒啊!"

他说:"马马虎虎,马马虎虎。"

我愣了一下——他竟然会说"马马虎虎"!我顿时佩服得不得了。能用这个词,基本上可以说接触到了汉语的精粹,而且很有语境感。聊天中得知,这个黑人男子来中国才两年,是沙特阿拉伯人。

还有一次,也是半夜,细雨蒙蒙,两个老外从浙江中路打车去几百米外的上海大酒店。

一上车，坐副驾驶位的老外给我让烟："师傅，来支烟？"

老外抽烟一般都自顾自从来不带让的，这位竟然入乡随俗了。

我说我不抽。他问："那我可以抽吗？"

我说："Just do it.可以的。"

吞云吐雾了两口，他问："师傅是哪里人？"

我有点不适应。按照常理，不是应该我问他"外尔阿尤福绕木"（Where are you from）吗？我原本想回答他"哎木牵尼资"（I'm Chinese）来着，但一想这么回答好像不对，等同于说废话。这老外应该是问我哪个省的人。于是我说："我来自河南。"

"我知道，我知道。"老外兴奋地说，"在温州就有很多河南人，我还跟他们一起吃过饭。"

这老外着实霸气，又说："我在中国十五年了！"

"那你基本上是个中国通了。"

"对，对，中国通。"

我问："吃得惯中国菜吧？"

"还可以。中国菜，很好吃。"

在后来的聊天中，我得知他是土耳其人，在中国做贸易。这才想起来，当时他是从一家清真饭店出来坐的车，而那家饭店我正好去吃过两次。

以前在小城市，大街上的老外比动物园里的猴子还少。到上海后，明显感觉各种各样的老外比动物园里所有动物都多。

有一天，我从浦东机场接两个美国人到了一家酒店。酒店门迎帮老外打开车门后，笑眯眯地小声对我说："狠狠宰他们一顿！"

我意味深长地看了他一眼，他猥琐的样子真不让人喜欢。虽然我曾幻想做一名杀手，但是真的下不了手，宰不了人，中国人不宰，外国人也不宰。

据说，"要想发得快，就得宰老外"这句话是很久以前从北京倒爷嘴里流传出来的，很多国家很多行业都有"宰老外"的"传统"，开车的、卖东西的、擦鞋的、经营旅馆或酒吧的……有些人并不是穷得吃不上饭，但却实在没骨气，能坑一个是一个，不管是外国的，还是外地的。

有人的地方就有黄牛，有路的地方就有黑车。前段时间那则流传颇广的新闻又一次让黄牛和黑车上了热搜。

在浦东国际机场，一个来上海出差的老外感受到了异国他乡的如火热情：黄牛和黑车司机，一黄一黑配合得天衣无缝，既热情又体贴。短短五十公里的车程，老外收到了一千九百元的账单。黑车司机的服务相当周到，在老外携带现金不足的情况下，愉快地从口袋里掏出了POS机。

后来，老外的中国同事看不过去，把这件事在网上曝了光，引起一片哗然。对于这对服务周到的黄黑搭档，警察很感兴趣，想认识认识。通过POS机的线索查下去，他们的愿望很快就实现了。双方热情地交谈，随后，这对黄黑搭档各自都得到了一副银光闪闪的手铐、一间安静的房间以及一段可以放空的时间。简直大快人心。

　　一些欧美人有给小费的习惯，给了你可以愉快地拿着，不给你也不能去抢啊，是不？挣钱可以，贪图不义之财，真的需要被好好教训教训。

　　由于我的英语大部分都早早地"还"给老师了，所以跟外国人沟通起来有些障碍，但是总体来说都很愉快。会说一些汉语的老外，我能从他奇怪的发音里寻得真相；不会汉语的，用手机地图给我指明位置，虽然是英文版的，但通过路名也不难分辨；还有的会出示酒店的名片，那就很好办了。

　　直到遇到两个印度男人，我才第一次感到为难。前面的司机拒载了他们，当时还下着大雨，我想我来试试吧。然而，他们一句汉语也不会说，那种咖喱味儿的英语我一个词儿也听不明白，交流起来基本等于相互对牛弹琴。雨下得很大，我也不忍心丢下他们。看着两人身旁的几个行李箱，以及他们焦急的神情，我灵机一动：他们应该是去机场的，而国际航班一般都在浦东机场。于是我问：

"Pudong airport？"

他们好像听懂了，开始点头，然后找出几页写满英文的纸递给我。我打开顶灯，看了一下，但看不明白。他们给我指了指顶端的"Terminal 1"，我猜应该是一号航站楼。那大概不会错了。我马上招呼他们放好行李，上车出发。两个人用我听不懂的语言交谈了一路，可能是印地语，也可能不是。到了航站楼，他们朝我竖起大拇指，然后愉快地付了车费。

黑人有彬彬有礼的，也有素质不高的。有一天晚上载了一个年轻的黑人，我正专心地驾驶，突然听见他在车后座发脾气，嘟嘟囔囔，也不知道是自言自语，还是在打电话，时而说英语，时而说汉语。他说汉语时，好像是在说"需要好多钱"，并且重复了好几遍。

我一边开车，一边不停地摇头：这人怎么回事，是受不了上海的高消费吗？撸起袖子，伸长脖子，好好挣钱，不就行了？至于这样吗？后来我又想到他可能会耍赖，不给车费，不过事实证明我多虑了。虽然有些不情愿，但他还是把钱给了。

日本人的谨慎是出了名的。有一次，有家酒店的人用电话叫车，我接了单，送两个日本人到兴业太古汇。电话叫车是需要乘客额外加付四块调度费的。其中一个日本人汉语很好，所以送到目的地之后，我直接告诉他要加付四块的调度费,并把显示屏上的信息给他看。

他问:"为什么昨天没有?"

我说:"昨天可能不是用电话叫的车。"

他说:"昨天也是用电话叫的。"

我说:"平台不一样,有的平台不需要,我们平台需要。"

我解释清楚后,他把这四块加上了。

日本男人都有点大男子主义,最起码我在花木遇到的这个有。在上海大部分的日本人都居住在花木或塘桥。当时有一家五口的日本人在花木打车:老太太,男人,女人,两个小男孩,其中一个还坐在童车里。乘客中只有一个成年男人,折叠童车的活不是理所当然应该由他来干吗?可他径直打开副驾驶的车门,犹豫一下,坐了进来。老太太摆弄了好一会儿,都搞不定。我实在看不下去了,下车帮忙,刚打开后备厢,老太太已经试着把车折起来了。

韩国人一般聚集在古北、龙柏和七宝。据说,韩国人愿意到中国来,主要是图中国的牛肉便宜。毕竟韩国大部分资源都依赖进口,很多东西都贵得离谱,一般人家舍不得买牛肉来吃。不管这种说法是不是胡扯,中国菜肴的丰富性肯定会给他们带来震撼。来中国,是个值得的选择。

那天晚上在古北,看见两个大男孩站在路边,我把车停下了。他们有些犹豫，后来还是坐了进来，用夹生的汉语说着什么。我听不明白，但能听出来他们是韩国人。其中一个男孩突然说："这样吧，我要……女人！你知道？女人！"

原来是两个想寻开心的人。刚才支支吾吾都是废话，像这样直接说多好啊，我不是瞬间就明白了吗？我说了一声"OK"，就出发了。

我把他们送到了不远处的老外街（街名就叫"老外街"）。这是著名的休闲一条街，遍布着十多个国家的主题餐厅、各种风情的酒吧。至于能不能找到他们想要的，就看他们自己了。

老外街的五光十色让两个韩国大男孩异常兴奋。他们多付了十几块，神采奕奕地下车了。

还有一天晚上，我从世博园载了一对韩国的老夫妻，把他们送到了静安的一家酒店，愉快地接过他们付的二十块钱。等他们下车后，我才发现这两张十元的纸币都是上世纪发行的，一张属于1999年版的第五套人民币，还在流通，但是市面上已经很少见了；另一张属于1988年版的第四套人民币，正面印着两个农民形象的头像，让我的思绪一瞬间回到童年时代。后面这张纸币肯定花不出去，留着当作纪念好了。可以想象，这对夫妻应该很喜欢中国，以前没少来，十多年乃至二十多年前来中国兑换的人民币都还留着。

我的车上坐过各种各样不同肤色的老外。我总是喜欢靠着年龄、长相、语言、穿着打扮以及出没的时间,悄悄猜测他们的身份、职业、所处的行业,这是非常有意思的事情。只是我的英语,早已迷失在记忆里,短时间内不容易补回来了,想想真令人伤感。

依然记得那天晚上,一个金发碧眼的洋妞带着她的朋友乘车,递给我一张名片,地址是华山路1038弄××号。我把这个地址念给导航听,导航马上识别了。

洋妞汉语挺好,她问道:"这个字原来是'nong'啊,不是胡同?"

我说:"小巷子,在北京叫'胡同',在上海叫'弄',都是一个意思。"

汉语很复杂,同时又很简单,英语必定也是这样。如果把我扔在美国,我肯定能学好。

车辆在延安高架上行驶,车流像江水一样流畅,道路两旁错落有致的大楼灯火辉煌。后座的一个男孩开始用手机播放一首歌,四个年轻的老外都跟着轻轻地唱起来。这首歌我没听过,也不怎么听得懂,但是优美的旋律以及车厢里轻松的气氛,让我觉得很舒服、很安心。我觉得,这一刻妙极了。◆◆◆

有意思的人

路上听到男的哎哟哎哟叫痛，聊起来，才知道他皮肤过敏了。怎么过敏的？被蛾子撞到皮肤上，他就过敏了！一个人一种体质，有人对花粉过敏，有人对橡胶过敏，这哥们儿的过敏原更加奇特，是蛾子，而且因此过敏不止一次了。这家医院急诊处没有皮肤科的医生，只好去另外一家医院。

聊着聊着，女孩突然噗嗤一声笑了："你是火吗？飞蛾这么爱往上扑……"

一家令人神往的公司

中午,一个南方口音的年轻人扬招打车,要去一家羊汤馆喝羊汤。据他说,那家羊汤馆每天要消耗掉五百只羊,而且关门早。中午去晚了,可能就喝不到羊汤了。

作为一个"钻进钱眼"里的人,我在心里默默盘算着,一天五百只羊,一年就是十八万只啊,刨去成本,一只哪怕赚二百块,一年下来也能赚三千六百万了。五百只羊,是不是有些夸张了?

"唉,真倒霉。"年轻人说。

我盘算着钱的事情,没在意他的话。

"唉,真倒霉,真倒霉。"年轻人又说。

很显然,他想说些什么。我要是不回应,就有点不够意思了。

"怎么倒霉了?"我问。

"昨天开车带老婆去买衣服,压了两次黄线。那里有摄像头,估计要被罚四百块了。"他说。

"没办法,电子警察太严了,我的违章像是满天星。"

说完，我轻轻叹了一口气。

"给老婆买一件衣服七千八，再罚四百块，等于一件衣服就八千二了！"他说。

"这衣服买得有点贵。"我随声附和。

"我平时都是开公司的车，家里的车给老婆开了。"他说。

"哦。"我简单地回应。

"公司的车都是好车，奔驰啦，法拉利啦什么的。"他有点兴奋，"上次我开那辆法拉利，把车开到没油，我就不开了，停进车库，等他们加了油我再开，哈哈。"

"是啊，油不能自己加。自己加的油，那还叫油吗？"我觉得自己于谦附体了。

这位年轻乘客实在有点意思。

快到梅陇时，他说："我就住在这附近。"

我不确定他住的是自己的房子还是租的房子，于是说道："这边的房子挺贵啊！"

他说："管它贵不贵，反正是公司的房子，我住着就行了。"

是什么样的公司呢？我很好奇。伴随着好奇的，还有无限的向往。后来他又说，最近谈了一笔业务，能替公司赚两千八百万，他能拿到十多万的提成。我想，这就是公司的不对了，不能抠成这样吧，提成连业务金额的百分之一都不到。

我还没来得及发表看法，他鼓捣了几下自己的手机，说："唉，这手机越来越卡了。明天我上班了，再去公司拿个手机用。"

我问："你们公司福利这么好？都给发手机？"

他说："公司也做手机配件业务，跟华为合作，所以公司的手机都是华为的，我们可以随便换手机。我那天还跟老板开玩笑，问他，咱们什么时候跟苹果公司合作啊？"

我实在忍不住了，问他："你们什么行业啊？太牛了。"

他说："我们公司啊，资产发达，还有几个银矿呢，遇到业绩不景气的年份，就去开采银矿，回笼资金。"

他没有正面回答我的问题。他所在的应该是金融公司吧？听说很多金融公司拥有矿产，想来并不稀奇，有的金融公司赚钱能力非常强，利润率那么高，买个把银矿还是不成问题的。

我继续追问："你们公司到底是什么行业啊？我没听明白。"

他说："是集团公司，主营是广告，跟各种房地产商合作。"

本以为是金融公司，原来并不是。看来，他们说上海遍地黄金的事情是真的。

他又说:"我们公司有七八个司机,受调度接送公司的老总和几个副总,偶尔接送他们的家人、朋友甚至情人。给老板开车,眼力得活,嘴巴得牢。你也可以去啊,不过我怕你心理不平衡,因为高层的太能挥霍了,天天纸醉金迷,随便吃顿饭、玩一夜,就是你一年的工资!"

我开玩笑说:"我已经心理不平衡了!"

他轻轻地叹了一口气,说:"我在我们公司,只能排到第二十几位,你说我有多惨。"

其实,我也想像他一样"惨",但是仍然忍不住安慰他:"别多想,你够厉害了!我在我们公司都是倒数!不但不发工资,还得给公司交钱!"

我指的是出租车份子钱。他可能惦记着他的羊汤,对我的玩笑话没有什么反应。过了片刻,他抚摸着肚子,突然说:"实话讲,我真有点饿了。哎呀,我这范思哲的皮带也该换了!"

不知道他们公司跟范思哲有没有合作。说时迟,那时快,已经到达了目的地。在一个路口,他下了车。望着他远去的背影,我第一次对一个男人有点恋恋不舍,特别想跟他多聊一会儿。愿意跟出租车师傅说这么一大堆话的乘客不多,说得这么峰回路转的就更少了。

羊汤馆已经被我抛到脑后,这个年轻人更令我侧目。一年过去了,我仍然很想念他。

反差萌

有一天半夜,送乘客到某一家医院后,又遇到一男一女打车,前往另一家医院。

路上听到男的哎哟哎哟叫痛,聊起来,才知道他皮肤过敏了。怎么过敏的?被蛾子撞到皮肤上,他就过敏了!一个人一种体质,有人对花粉过敏,有人对橡胶过敏,这哥们儿的过敏原更加奇特,是蛾子,而且因此过敏不止一次了。这家医院急诊处没有皮肤科的医生,只好去另外一家医院。

聊着聊着,女孩突然噗嗤一声笑了:"你是火吗?飞蛾这么爱往上扑……"

我在心里偷偷乐了,火速将他们送到指定的医院。

没过多久,又接到一男一女,更有意思的一对。

两个人聊天。女孩说:"原来你是上海人啊。没听过你说上海话,我还以为你也是外地的。"

女孩的声音很好听,说起话来柔声细语的。

男孩说:"我一般不讲上海话。"

女孩说:"就听见你跟那几个外国人说英语了。你是在那个外国公司上班吗?"

男孩说:"对的。"

上海人一般用"对的"两个字表示肯定。

女孩轻声问:"那你一个月工资有好几万吧?"

男孩不置可否。

女孩接着问:"有两三万?"

男孩说:"差不多吧。"

女孩感慨道:"真的啊,这么多!"

男孩说:"也没有那么多,差那么一点点。"

女孩问:"那你学问挺高吧?"

男孩说:"没多高,我也就读到大学。"

女孩说:"那还不高?我高中都没有上,当年要是补补课,应该也能上。"

我听到女孩叹了一口气。

过了十秒钟,女孩问:"你家里就你一个孩子啊?"

男孩说:"对的。"

女孩问:"也不找对象?"

男孩说:"现在先不找,过两年再说。"

女孩问:"为什么啊?"

男孩说:"也不为什么,上班挺忙的。"

女孩问:"就两点一线?"

男孩说:"对啊。"

女孩问:"这么乖吗?"

男孩说:"实在太忙了。"

女孩问:"周末呢?也不出来玩?"

男孩说:"周末踢踢球。"

女孩问:"两天都踢球啊?"

男孩说:"有时候也打高尔夫。"

女孩很惊讶:"啊?高尔夫啊!打得准吗?"

男孩笑了:"哈,打不准!那个,太难了。"

女孩问:"那你们公司有单身的女孩吗?"

男孩说:"有两个。"

女孩笑着说:"才两个啊,那肯定没什么好选的。看看这个,啊,不喜欢;瞧瞧那个,啊,也不合适。"

男孩问:"你猜猜,我们公司有多少人?"

女孩说:"有一百多个?"

男孩说:"没那么多。"

女孩说:"那……五六十个?"

男孩说:"再往下猜。"

女孩说:"不会就三十个吧?"

男孩说:"哈哈,三十个都不到,只有二十多个。"

女孩说:"天哪,这么少?"

接着两个人沉默了一会儿,我倒是真希望他们再说点什么。这时候到了天目西路,等红灯的时候,我打破沉默:"这北横通道也不知道什么时候能修好。"

男孩说:"得到明年年底通车了。"

女孩问:"修高架吗?"

男孩说:"主要是隧道,地底下正在修呢,这是个大工程。"

女孩问:"修好就不堵车了吧?也没有红绿灯了。"

男孩说:"肯定好多了,地面还是有红绿灯的。"

女孩感慨:"这中国人太厉害了,到处挖隧道,把地球挖空了怎么办啊?"

这个萌萌的、率真的女孩实在有点可爱。一分钟后,他们就下车了。

钱包去哪儿了

在郊区的一个职业技术学校门口，我通过软件接了一单。乘客是个小伙子。天气还没有转热，凉风轻拂，人们都穿着外套，有人甚至裹着毛呢大衣，他却只穿了一件白色短袖T恤衫。

上车确认了目的地后，他说："这学校的学生太坏，临走时还把我的衣服给抢了！"

我有点纳闷，问："抢你衣服干什么？"

他说："实在太坏了！我来看同学，给他们每个人发了个红包，他们还抢我衣服！我刚买的耐克！"

我想，要么是他有点"二"，要么这帮同学是他的死党，不然也不至于扒衣服吧？又是发红包，又是被强迫送福利的，这小伙子的家庭条件应该不错。

他继续吐槽："这帮人老叫我回来跟他们聚。我回来两次了，广州到上海来回的机票都花了五六千！回来聚吧，他们都是靠家里，只有我挣钱了，所以多数情况都是我买单。不过，大家一起玩，挺高兴的！"

我好奇地问:"你这是提前毕业了?"

他说:"我就没毕业,哈哈,我是被开除了!一年多了。"

我忍不住笑了一声,问:"因为什么啊?"

他说:"打老师。"

我愣了,一时没接上话来。

他继续说:"太戏剧啦!本来我们要打一个老师,那老师晚上在操场跑步。当时有个人跟他一块的,在我们动手的时候阻止来着。大家就把那人一起打了,没想到那人是副校长!"

我说:"那你'厉害',在学校'出名'了,连校长都敢打。"

他说:"当时是为了一个哥们儿出头,几个人一块打的,但我下手最狠。后来我们俩被开除了,那几个孙子只是记大过、留校察看。"

我说:"那有点儿划不来。"

他说:"开除得好!"

我有点纳闷。他接着说:"正好赶上我舅舅的店里缺帮手,我就去帮忙,跟着他学了大半年。他又去做别的,把店转给我了。每个月也不少挣!"

也许这就是塞翁失马,因祸得福。在正确的时间里,做了错误的事,然后换个赛道重新起跑,从头学习,最后有了比较正确的结果。

没过多久就到达目的地了,他下了车。不料,半个多小时后,他给我打来电话,说他的钱包好像落在我车上了。因打车软件结单后不能再和司机通电话,他通过客服才跟我联系上。当时车上有乘客,我把情况说明了一下,告诉他待会儿我找找。

乘客下车后,我仔细地把副驾驶位置检查了一遍,没发现遗落的钱包,于是给他打去电话:"我到处都找了,没有你的钱包。你想想,是不是丢在别的地方了?"

他说:"没有,我就放在副驾驶座位上了。我发觉的时候,你正在驾车离开。当时我大声叫你,追着车跑了几步,你都没听见、没看见。"

我说:"不可能啊!如果下车时你把钱包落在副驾驶座位上,我肯定会第一时间发现的。"

他说:"就是落在你车上了,你还给我吧!我可以给你点报酬,三百怎么样?钱包里只有几十块现金,几张银行卡,一张身份证。晚上我还要坐飞机,没有身份证怎么办?"

我说:"车上确实没有。你再想想有没有别的可能,不一定是落在车上了。"

他说:"嫌钱少是吗?五百总可以吧?我特别着急,报酬的事情好商量。"

他又跟我磨了一阵，我有些哭笑不得。这小伙子太轴了，一口咬定我昧下了他的钱包，最后还说如果我不把钱包还给他，他只能报警了。我有点生气，说："你什么意思？钱包真不在车上！在你之后就上来了一个乘客，还坐的是后排。如果钱包落车上了，我不可能找不到。"

我问了他的位置，他还在下车的地点。为了证明自己的清白，我说："你等着，我去找你。你自己在车上找找。"

碰面之后，小伙子撅着屁股找了一会儿，当然没有找到。他依然一口咬定是我把钱包藏起来了，求我还给他。我一再解释，然而他听不进去。我有些烦，心想，我看上去像是那么爱贪便宜的人吗？我再缺钱，也不会把别人的财物据为己有。

小伙子又说："如果不还给我，我只有报警了。"

我说："你报吧，我不可能凭空变出来一个钱包给你啊！"

他说："我已经打110了。"

我说："你随便。"

他又说要给李伯伯打电话，让他给公安局施加些压力，把案子立了。我这才想到，几十块的金额，确实够不上立案标准，警察顶多帮忙协调。不过这个李伯伯，应该是一个很有权势的人。

小伙子打了几通电话。我觉得自己不能跟他耗下去了，说："我还有事，已经约了人（我确实约了人，要替一个朋友取一件东西）。要不你上车，跟我一块办完事，我们去派出所？"

他说："你去忙你的吧。你的信息我都有，都能查到。"

我说："那好，随后让派出所通知我，我配合你。但是请你再仔细想想，你绝对是把钱包落在别的地方了。"

办完事情，我等了很久，并没有接到派出所的电话。我竟然有点期待，因为自从七八年前在公交车上抓了一个小偷之后，就再也没跟警察打过交道。但我始终没有接到派出所的电话。

几天后，小伙子的钱包还没找到。我是怎么知道的呢？因为不但打车软件的客服来电核实这件事，他本人也通过客服跟我连线，依旧不依不饶地认定他的钱包在我这里。

他的钱包到底去哪儿了？天知道。

戴渔夫帽的女孩

晚上六点多,在公交车站,一个戴渔夫帽的女孩扬招叫车。

我把车停在她面前,她正走下站台。突然一个年轻男人迅速冲过来,意图捷足先登。说时迟,那时快,我马上把车门锁死了,然后摇下窗户,说:"跟女人抢车,你也好意思?先来后到,不懂吗?"

女孩上了车,说:"谢谢啊,师傅,我去××大厦。"

我说:"幸好我及时锁住了车门,要不他坐上来,还要多费口舌。"

女孩说:"师傅你真机智!没想到还有这样的男人!"

我说:"人分三六九等,肉有五花八层。林子大了,什么鸟人没有?"

女孩说:"哈哈,你说得对。公交车再过一站就到了,不过我不想等了。"

我说:"打车方便。"

她说:"真是的,去他单位,让他过来接我一下都不愿意。这也没多远啊,你说是吧?让我坐公交!那就坐公交呗,又嫌我慢……"

我说:"这么晚,去加班吗?"

她说:"不,我刚上完课,去我男朋友单位找他。"

那么她是个大学生?研究生?

我说:"原来这样啊,接你一下不就行了?一脚油门的事儿。"

她说:"他就是懒,哎呀,懒死了!他上班就是在那里混日子,在国企嘛,没多大压力。你知道吗?他的袜子都是几个月才洗一次。那次在他家,我翻出来一抽屉的臭袜子。"

我:"……"

一瞬间感觉自己不算懒人了。

她说:"唉,懒,懒,懒死了!周末干私活倒是很积极!"

我想这个私活可能是开滴滴,但拿不准,也不好开口问。

等红灯的间隙,她给我展示了一下手机屏幕,说:"你看,昨天他给我晒的红包。我对他说:'你给我晒红包,不如发红包。红包统统归我了!赶紧上交!'"

她又给我看了几张照片。我一看,嚯,保时捷!应该是保时捷帕拉梅拉——原来人家是开婚车挣外快,幸亏我没问是不是开滴滴，要不然多尴尬。正应了那句流行的话："贫穷限制了我的想象力。"我也只能想到开网约车了。

我问："这么一单挣多少钱，得一两千吧？"

她说："前天这一单一千三百块，他是头车嘛，额外还有两包中华烟。上海星期六结婚的人特别多！上班混日子，接私活他倒积极得很！"

我开玩笑地说："那肯定了，要是我，我也积极。可以天天看新娘子，还每天不重样！看完人家还给钱！"

她咯咯地笑起来，又说："我们两个可有意思了，他不理他家里人，我也不理我家里人。"

我说："不会吧？"

她说："我们谈一年多了，也没结婚，家里都很着急的。毕竟我俩都老大不小了嘛。"

我想，这个女孩真有意思，什么都跟我说，可能看我像个好人？殊不知，我不是过耳就忘的人，她所说的一切，都将作为"呈堂证供"，被我记在小本本上。

她继续说："他都快四十了，从来没结过婚；我也很大了，三十多了……"

当时在等红灯，说话的间隙，我仔细地看了她两眼。她长得很漂亮，甜美可爱型的，像是二十多一点。看来，她并不是我猜测的学生，应该是老师。

我实话实说:"不会吧?看不出来,你看上去小得很!"

她说:"嘻嘻,是吗?我是二婚嘛,三十岁才结第一次婚,那时候家里也催得急。我们处了一年,感觉对方各方面还不错,能过日子,就结婚了,结果……"她说着说着,叹了一口气。

我接上她的话:"结果,一旦搭伙过日子,就不一样了,人的很多毛病都暴露出来了,对吧?"

她说:"太对了!后来矛盾没法和解,大家就一拍两散,离了。现在这个呗,我家里人是不同意的,因为他没有上海户口。前夫是上海人,他不是。我妈考虑到以后孩子读书的问题,就不是很同意。管她呢,反正我不着急,不能再重蹈覆辙了,好好考察呗。"

我说:"结婚不是请客吃饭,不是做文章,不是绘画、绣花。结婚要慎重。"

她说:"哎呀,你说话怎么一套一套的?"

我说:"不是我说的,是一位伟人说的。"

她说:"他也不着急,他是1982年的。他都不着急,我就更不着急了,慢慢先处着。"

我说:"那比我还大几岁,已经……三十七岁了!我结婚早,二十五岁就结婚了。"

她说:"那孩子都很大了吧?"

我说:"对啊!小儿子都会打酱油了。"

她说:"我看他呀,说不定四十岁也还没有孩子。哎呀,快到了,得给他说一声,我要到他公司尿尿。"

我:"……"

我憋着笑,只恨距离短,时间过得快。这么可爱的女人,还愿意跟你聊。谁不想多聊一会儿呢?◆◆◆

跟乘客打太极

一天中午,载了一对母子去瑞金医院。看起来妈妈五十多岁,儿子二十多岁。

路上,他们聊起刚买的一个狗笼。儿子问:"笼子那么大,打算怎么运到新家?"

妈妈说:"你金叔叔开车载过去。他的车大,是USB……"

儿子说:"哦,SUV啊!"

妈妈说:"对对,SUV,SUV……"

终于被投诉了

在肇家浜路上来一个小伙子。上车之前，他跟他的同伴握了一下手，又掰手腕一般牵着手臂，相互狠狠地撞了一下胸。我不太明白撞胸这个社交礼仪的意思，感到既奇特，又新潮。

小伙子用一口挥之不去的东北口音说："师傅，去番禺路的上海银星皇冠假日酒店。"

东北话自带喜感，东北人话痨也多，很容易让人亲近。这次我便自来熟起来，问他："东北人？在北京工作？来上海出差？刚跟同学或朋友一块吃了饭？"

他说："你好像说得都对！"

我说："不好意思，我话多了啊。"

他说："没关系，我就当你是出租车界的'福尔摩斯'！"

我说："那可不敢当，我就是随口一说，毕竟东北人很多都在北京发展。"

他说："大哥，那啥，问你个事儿，你知道哪儿有那种'服务'不?"

  我瞬间明白了,不过,虽然我是个老司机,可不是那种"老司机"啊!记得刚入行没几天的时候,在嘉定,就有两个畏畏缩缩、像是想要打车但却很迟疑的年轻人进入我的视线。最后,他们终于扬起手,但在我停下车后却并不上车,只是凑到车窗前,问道:"师傅,附近有特殊服务吗?"

  当时我还从没遇过这种情况,第一反应是他们在找特殊学校。当然,这个想法在脑子里只是一闪而过,我马上明白了他们的意思,但却爱莫能助。

  后来,也有别的乘客要去寻求不可描述的"服务",含蓄点儿的说找洗浴中心,直白点儿的说找"小姐"。两个广东口音的年轻人问得最直接:"师傅,你知道哪里能嫖娼吗?"

  虽然我也算熟悉上海了,可是真不知道他们想去的地方,只能如实回答:"不好意思啊,靓仔,不晓得。"

  两个人不依不饶:"不是出租车司机都知道的吗?"

  可是这样的地点我确实不知道。在我停下车之前,他们已经拦过一辆出租车了。我说:"肯定有知道的,也有不知道的,刚才你们拦的那个师傅不是也不知道吗?"

  其中一个说:"你不要怕,只管带我们去。我们外地的,不会投诉你,放心好啦。"

我说:"你们干吗要投诉我呢?有没有搞错哦?讲讲道理好不好?你要去一个你不知道在哪儿、我也不知道在哪儿的地方,你让我去哪儿?还要投诉我?"

他们被反驳得无话可说。我给他们做思想工作:"消停一下吧,再去喝几瓶,整晕了,就啥也不想了!"狠踩一脚油门,我潇洒地离开,留下两个靓仔茫然地站在原地。

同样的情景,又发生在这个晚上。我对东北小伙子说:"这你可把我难住了。不知道你相不相信,我真不知道哪里有,我也不好这一口啊!"

他说:"那算了,回酒店吧。"

过了一会儿,他又说:"两年前我来上海,去过交通路,只是不知道那里还有不?"

我摇摇头,说:"那我不清楚。"

他又问:"这里离交通路有多远啊?"

我说:"七八公里吧。"

他轻声说:"那要不,你带我去瞅一眼?"

我说:"你付车费,去不去你说了算。是去呢,还是不去?"

他说:"那就去吧!"

他这样,我是乐意的,毕竟路程远对我来说更划算。有朋要到远方去,不亦乐乎?

为了万无一失，从交通路最东端开始搜索，就是开车从上海火车站北广场、长途汽车总站沿着交通路一路向西。只是路两旁黑灯瞎火的，基本上没见到什么店面。一种不好的情绪在车厢里蔓延开来。

"以前是有的啊。"小伙子喃喃地说。

也许黑灯瞎火的地方，概率会更大一点？可是走了两三公里，更黑了。

我问："还往前看吗？"

小伙子说："再往前瞅瞅。"

又走了一段，他疲惫地说："算了，回我给你说的那个酒店吧！"

已经到了普陀区，这边跟老城区隔着铁路和苏州河，也就是老上海人口中的"下只角"。要过苏州河，就得找路桥，路桥跨度大，所以得先往相反的方向行驶几百米。

小伙子用更加疲惫的声音问："师傅，还有多远啊？"

我说："几公里吧。过了桥，过了延安路，没多远就到了。"

经过不少的红绿灯，终于抵达目的地，计价器上显示十九公里，七十四块钱。我结束行程，打印好发票，递给小伙子。

小伙子问："师傅，发票上面车牌号什么的都有吧？"

我不太明白他的意思，实话实说："有的，这是正规发票。"

谁知道，这小伙子把我投诉了。可能是当天晚上投诉的，也可能是第二天投诉的。我也终于明白他那句话的意思。

每辆出租车上，都装载有定位系统，每一单的起点、路线、终点，都在公司掌握之中。接到投诉，公司业务部肯定要查证，如果确实是绕路了，不但会退还乘客的车费，而且还会根据绕路情况给予当班司机金额不等的处罚。

第二天，我接到了公司业务部的电话，被要求说明当时的情况。

我说："是那个乘客要找'小姐'。他说以前在交通路找过，所以让我带他去看一看。后来没找到，才回的酒店。"

对方说："实话实说啊！"

我说："每一个字都是实话。"

入行以来，终于被投诉了一次，我竟然有些兴奋。不过对于这个东北人的所作所为，我百思不得其解。天底下怎么会有这样的人？自己没有达到既定目的，就怪罪到我头上？是谁给他的脸皮，让他好意思把气撒在一个正直、热情、阳光、心地善良的出租车司机身上的？

他用谎言求证谎言，什么也得不到。这样的投诉在公司是无效的，在我这里是要被嘲笑的。

近似直线的绕路

一天中午,载了一对母子去瑞金医院。看起来妈妈五十多岁,儿子二十多岁。

路上,他们聊起刚买的一个狗笼。儿子问:"笼子那么大,打算怎么运到新家?"

妈妈说:"你金叔叔开车载过去。他的车大,是USB……"

儿子说:"哦,SUV啊!"

妈妈说:"对对,SUV,SUV……"

我努力地憋住笑。这位阿姨的口误,能让我乐一天了,但实际上并没有乐够一天,哪怕半个小时都没坚持住。因为在瑞金医院我接到了一个女人,这个女人要去上海南站。

她问:"过去得多久?"

我看了一下地图上的拥堵情况,说:"大概二十分钟吧。"

十分钟后,经过徐家汇的时候,她问:"还有多久?"

我说:"十分钟。"

她说:"师傅,你走这路不对呀!"

我很诧异,纳闷地说:"怎么不对?路口左转,上沪闵高架,直接就能到上海南站。"

她迟疑了一下,而后又肯定地说:"不对,不对。"

我不知道怎么个不对法。

有一些对路线不熟的乘客,你要是不按他预想的路线走,他就以为你绕路了;还有个别乘客不识路,并且有受害者心态,总是觉得你在故意兜圈子。遇到类似的情况,我都该怎么解释就怎么解释,尽可能让对方心里舒服。但是,这次我没料到最后会被气个半死。

上了高架,女人还在念叨着:"你这路线不对,跟我以前走的路不一样。"

我没搭理她。

她继续说:"师傅,你不要给我绕路啊!"

我有些烦了,但还是尽量控制语气,笑着说:"就这么近的距离,我至于给你绕吗?不走沪闵高架,你告诉我走哪里?"

她说:"我平时都是起步价十多块,你看你这表上已经二十多了!"

我说:"起步里程是三公里,还不包括等红绿灯、堵车耽误的时间消耗。你自己用地图看一下,瑞金医院到上海南站是不是十公里?"

她改口了:"我经常从那里打车到上海南站的,最多二十二块钱。"

我说:"不可能,十公里至少也要三十多。我没绕路,你不能诬陷我啊!"

其实我已经明白她的意思了,她无非是想少付点车费。

以前也遇到过类似的乘客,是一个小个子的安徽男人,在KTV喝了酒后回家。直行,左转,直行,然后一直开,就能到他的目的地。半道上他醉醺醺地说我绕路了,让我少收五块钱。

我说:"你别跟我来这一套,绕没绕你心里清楚。"

他说:"大家都是老乡嘛,少五块钱又怎么着?"

最后我坚持收了实际的金额。不管跟他是不是老乡,少收个五块八块的都不是问题,我也多次给乘客免过零头。这点钱在上海连一碗面也买不到,无所谓的。可是你不能为了几块钱,跟我这么玩,对吧?这样就太没意思了。

可是那个安徽人不这么想,这位中年大姐也不这么想。

到了上海南站出发层,计价器上显示九点八公里,三十五元。她不下车,坚持说我绕路了,其实就是钱的事儿。我收她起步费，她肯定会高高兴兴地下车，可我付出的劳动呢？我的尊严呢？如果她被我惯坏了，下次遇到一个脾气不好的司机，挨骂是肯定的，挨打都有可能。

我把手机给她看，说："这是刚才一路导航过来的路线，你看看，基本上是一条直线，十公里不到。你告诉我，我怎么绕路了？"

她说："你别给我看，我看不懂。我以前都是给起步费的，最多也就二十二块钱。"

我说："我确实不小心绕路的话，不用你说，该道歉道歉，该少收多少少收多少。你故意说我绕路，这样有意思吗？你没钱，你穷，好好跟我说话，可以，我少收你十块八块，甚至免费送你过来都可以。但你这样，一分钱我也不会少。"

她说："我赶火车，我只能给你二十块。"

我还试图跟她讲道理："你先把钱付了。你要是觉得我绕路的话，这是发票，发票上有车牌号，有我的工号，你打电话到我们公司投诉我。公司核实后，会把车费一分不少地退给你，还会罚我钱。"

她说："我不要发票，我也不懂怎么投诉。"

我说："不给钱，你走不了。"

她焦急地说："你不能这样啊，我火车马上要发车了。"

我说:"我不能这样,你就能这样了?"

一瞬间,我厌倦至极,觉得这个女人特别猥琐。平生见过不少猥琐的男人,但我一直觉得女人是可爱的,虽然有时候也会可恶甚至可恨,但不至于猥琐。可是这一次,我长见识了。

正当我无比烦躁的时候,她接到了一个电话,应该是她老公打来的。她对着电话说,火车马上到出发时间了,出租车司机不让她走。

接着,她下车了。我也打开车门,走到她身边。

她举起一把零钱,说:"我只有这二十五块,你要不要?你不要我就走了。"

我说:"三十块,一分也不能少。"

她说:"我赶的车真的要出发了。"

说完,她继续跟手机那头的人通话。这时候,开始有人围观了。我特别想抢过她的手机,跟手机那头的人说:"你是不是她老公?能不能管管你的女人,让她不这么丢人现眼?"

最终,我放弃了,彻底地放弃了。

也想过报警,如果报警的话,这笔车费肯定会一分不少地拿到。换一个司机,可能就会选择报警。但对我来说,那太耗费时间。还有一个问题,就是车站出发层的车辆只被允许停留三五分钟。如果收到罚单就不划算了,驾驶证扣三分，罚款二百块。

所以，尽管一肚子气，我还是妥协了。

接过她手里的二十五块钱，我指着她的鼻子说："你太丢人了！人穷没什么，要是坐不起出租车，你可以坐地铁、公交车，走路也可以。为什么要耽误我的时间？"

周围有人看了过来，她还故作委屈地说："我不是坐不起……"

我懒得再去指责她，愤然地驾车离开了。如果想骂她的话，我能想到一百种骂法，可是，此刻我再也不想说一个字。

事后想想，十块钱的事情，至于把自己气成那样吗？人生在世，难免被人冤枉甚至故意冤枉。自证吃一碗粉还是两碗粉，受伤害最大的还是自己。跟性格突出的乘客打交道，就像打太极的推手，在你来我往的对抗练习中，该使劲的时候用力，该退让的时候松手，谁也吃不了十足的亏，谁也占不了天大的便宜。反正对方就是一个过客，何必一直念念不忘呢？

后来每次走沪闵高架，看到上海南站的"大帽子"，我总会想起那个让双方都很狼狈的女人，只是心里不会再气愤了。

失物送还

某个星期天的早上,在南昌路,一个年轻女人乘车。她说:"师傅,你能不能等我一下?我还有电脑什么的没有带出来。"

我指着前边的摄像头,说:"你看见没?有电子警察,你得快一点,在这地方停车不能超过三分钟,不然会有罚单。超过三分钟,我可不等你了。"

她说:"好,我尽快。"

她倒不慢,一两分钟后,抱着一堆东西重新出现了,有手提袋、电脑包,坐进后座。

她要去几百米外的一家快捷酒店。我挂挡,起步,出发。

年轻女人说:"哎,师傅,你得掉头啊!往那个方向走,宾馆在那边。"

"这是单行道,只能往前走。单行道,懂吗?"

"那你岂不是要绕一大圈子?我待会儿还要去教堂呢!"

"你去的地方这么近,这边虽说到处都是单行道,但道路密度大,隔一百多米一个路口。我就是给你绕成麻花,也还是收起步费的价钱,我何必呢?"

"也是哦。"

过了一个路口,她问:"师傅,有件事我是不是做错了?"

我问:"什么事情?"

"昨天晚上我来这边租房子,就在刚才上车的地方。那个房东阿姨家没房间了,但她好心,怕太晚了我找不到住处,就收留了我一晚。是跟她家一个女亲戚一块住的,一个房间,两张床。但是那个房间吧,没有窗户,感觉不透气,一整晚我基本上都没睡着。你说我当初是不是应该拒绝她?"

这倒有意思了。那个房东阿姨挺善良。她呢,也无非是想省那么几百块钱,可是睡不好就划不来了。我说:"如果是我,我肯定会拒绝啊,毕竟以前不认识,贸然接受是不是不妥?又不是深山老林没处去。再说,你不是也没睡好吗?花上几百,在酒店洗个澡,睡得舒舒服服的。便宜点的酒店,二百多就差不多了,虽说房间会很小,可是床肯定舒服,也没人打扰。"

"对哦,我要去的这个酒店也就不到三百。我还要去教堂做礼拜,也没什么精神。"

记得有人说过，当一个人提出关于自己的问题时，他多半已经有答案了。这个女人就是这样，她明显后悔了。

我问她："你是来上海找工作的吗？"

"你怎么知道？我以前就在上海待过，后来去了北京，这又回来了。"

很快，酒店到了，她付款，下车。

没想到的是，她有一个小包落在车上了。等我发现的时候，距她下车已经有十多分钟了。我赶紧掉头往那家酒店驶去。

到了酒店，她正在门口焦急等待，看到我过来，很是高兴。

我把包递给她，她一个劲道谢。我说："你太粗心了。如果不是等红灯的时候，我一扭头看到你的包，说不定它就被带到偏远的地方去了。到时候你要多付很多钱。"

她惊讶地问："怎么还要付钱？"

我把发票撕下来，说："从发现你的包的时候打的表，二十块。在出租车上丢东西都是这样的，送回来，打表计费。"

"还有这样的？我以前没在出租车上丢过东西。"

"一般都这么处理。当然了，你要是不愿意给，我也不强要。于情于理，你自己想一下吧。"

"那我能选择不给吗？"

"别的司机也许会执意问你要,但在我这里,不给也可以啊,没关系。"

我这么说,不是标榜自己高尚,毕竟三四公里过来,油费也就两块钱。何必为了两块钱,闹得双方不愉快呢?

她想了一下,说:"那不好意思,不过我还是要谢谢你。"

"没事,再见。"

我行驶了几米,看到她又向我招手,停下车。她追了上来,递给我一张二十元的纸币,说:"刚才不好意思,应该给你的,谢谢你。"

我欣然接受。

我比较赞同孔子"有偿助人"的观点,尤其是那些见义勇为的人,更应该得到相应甚至更多的嘉奖。一味宣扬所谓的"高风亮节",其实是对做好事的一种抑制。如果人人都那么无私,对社会是有很大伤害的,因为这跟生物个体的本性相悖。

虽然观点坚定,但同时我的心态也比较好:相应的报酬给我,我接受起来不会有一点心理负担;但没有报酬,该做的我还是会做。

可能有人会说,出租车司机,作为服务者,为被服务对象送还失物不是应该的吗?这不是已经包含在服务里了吗？送还失物是服务没错，但也是需要成本的，除了油费，服务者额外的时间不也是成本吗？当然，这种约定俗成的有偿送还，最好能加入行业规范里，这样无论对司机，还是对丢失物品的乘客，都是一种保护。

乘客遗忘在车上的东西真的不少，饮料、香烟、打火机、雨伞等是最常见的，还有帽子、发卡、口红、电子烟……

曾经有乘客把眼镜忘在车上，是几个喝得醉醺醺的人落下的，可是他们没有拿发票。我想送回去，也找不到人。还有一天晚上，我在车后座发现了一串钥匙，应该属于一个去酒吧的年轻人。他倒是拿了发票，但我一直没接到公司的电话。看来，他自己也搞不清楚钥匙是怎么丢的。

丢了手机在车上，最容易找回，直接打电话就行了。但如果是好手机，也可能有司机会昧下。

我的出租车生涯里，乘客在车上遗落的最贵重的东西，是一袋子的资料，里面是某个公司的各种证件、材料，其中还有产权证。失主是一位去行政服务大厅办事的年轻女性。当时她坐在后排，自己私人的包都记得拿，却把公司的重要资料落在车上了。接下来的乘客坐的是副驾驶的位置，再后来的乘客才发现了袋子。我一看袋子里的资料，马上保管妥当，等着公司打电话。果然，没几分钟，电话就打来了。与乘客取得联系后，我赶紧给送回去了。她爽快地付了我车费。

发票是个好东西，所以打车行程结束的时候，一定要记得拿发票，它不但是报销的凭证、投诉无良司机的依据，而且还能让你找回失物。

无法分类

那天下雨,在一个公交站,上来了一个湿漉漉的光头男人,坐副驾驶的位置。确认好目的地后,光头男人马上打开手里的塑料袋,捧着一碗鸡翅,吭哧吭哧地吃起来。他把车窗开了一条缝隙,不停地往外扔木签子,最后打开整个车窗,把一次性纸碗连带塑料袋也扔出去了。这时候一阵急雨飘进来,不可避免地,光头右边的衣服又湿了一些。

他骂了一句:"他妈的。"

其实光头上车后,我就一直在琢磨这个人到底是谁,总有些似曾相识的感觉。这一瞬间我明白了:他是一件"湿垃圾"。在小区里的垃圾桶上,我经常看到他的名字。

意想不到的是,这天半夜,我又碰到了一件"垃圾",都不知道该怎么分类。

夜半时分,在一条满是饭馆的街道,遇到了一个刚吃完夜宵的乘客。他跟一块吃饭的朋友分别,坐车回九亭镇的家。他坐在后排,上车后就开始煲电话粥,说着一口上海普通话，一路上吧嗒吧嗒说个不停，听起来很会泡妞的样子。

经常遇到上车后讲一路电话的人。有的人习惯在打车途中通电话，毕竟这是一段没人打扰的时间，上班的时候要忙工作，到家了之后要做家务、陪亲人。

曾经听到一个戴眼镜、文质彬彬的中年人通电话："喂？这会儿忙吗？最近过得怎么样？嗯，嗯……那挺好的，工作和生活都捋顺了，就好多了。我吗？我最近也在想呢，这边的工作辞职了，下一步的打算还没确定。肯定不会打工了，毕竟这都经历过了；大概率会创业吧，不过这需要准备，做起来也不会很容易；还有一个选择，就是去国外再读一个博士，对对，脱产的，可以一边读书，一边想清楚下一步做什么，这样相对轻松一点……"

也曾听到一个女孩跟她闺蜜的通话："没事，我没事。这是他第三次出轨了，我实在受不了。他再求我，我也不会跟他复合了。对对，就得坚定一些，以前我是有多傻啊……他满嘴都是谎话，我就不明白为什么会对他着迷。他说的话，一个字都不能信！放心吧，哭也哭过了，伤也伤过了……你什么时候出差回来？我们还去那家店吃火锅吧。对的，哈哈，没有什么是一顿火锅不能解决的……"

这些人打电话都相当投入，你能通过只言片语探究到无垠宇宙的一个角落。除非遇到类似前方路面塌方、有匪徒设卡抢劫、外星飞船突然降临等情况，否则我不会去打搅他们。

也包括这一次。本来我开车要走嘉闵高架，但是到入口处时，突然发现高架封路，正在进行维护，只好走高架桥下。高架封路，改走地面，这是常规处理，没有必要打扰煲电话粥的乘客。如果每转一次路口，就请示一下乘客，那未免太让人心烦了。

没想到，接下来的路口，竟然是一条断头路，也就是说往北通行，在桥上是贯通的，在桥下却需要绕行。到路口发现情况的时候，只有左转车道和右转车道。不巧的是，我走的是右转车道，乘客目的地在左前方，所以只好先右转，行驶了大概一百多米，再掉头。

我正想着要主动向乘客解释一下。这个年轻人发现了路线的不对劲，停下通话，问道："你这是怎么走的？"

我说："刚才的路口，高架养护封路了，所以只能走桥下。这边路不熟，没走对车道，多走了个二百多米，不好意思啊。"

在不是故意的情况下，多走一二百米，一般人都不会计较，更何况我对待乘客的态度一直都很好。但是，这哥们显然不是一般人。

他吼起来："那你怎么走？你告诉我，怎、么、走！"

被人这么吼,让我火很大,但我仍然按捺着自己的脾气,说:"你没有必要吼啊,有什么问题不能好好商量?"

他这时候好像已经挂了电话,说:"那刚才经过高架入口的时候,看到封路,你怎么不跟我商量?"

我说:"你那会儿在打电话……"

他说:"我怎么没看见高架封路?你搞什么搞,是不是在耍我?故意绕路的吧?"

我特别反感乘客这么说,在路边停下了车。

我说:"你喝酒了,对吧?"

他说:"是喝了,怎么?"

我说:"高架确实是封了。我干吗要耍你?"

他说:"那要不回去看看?反正我没看见高架封掉了。"

一瞬间,我真想返回去,让他看一眼,然后享受他被啪啪打脸的感觉。可是这么做又有什么意思呢?不但不能解决争执,而且他被证实自己错了,肯定恼羞成怒,很可能会引起更大的口角。

我说:"条条大路通罗马,走哪条路,都能把你送到家。从你坐车的地方,到你的小区,十二公里。我收你十二公里的钱,多余的我一分都不会要你的。"

他说:"呵呵,条条大路通罗马,你给我绕到北京,还是能给我送到家里,对吧?"

对于这样无法沟通的人,我很无奈,叹了口气:"唉。"

他大声嚷嚷:"你唉什么唉,还走不走了!"

我没说话。

他炸雷一般怒吼起来:"走啊!开车!"

我终于按捺不住了,用更大的声音说:"不走了!你给我下去!"我没有用"滚下去",已经够客气了。

他看到我火了,不再说话了,过了半分钟,态度和缓了一些:"这黑咕隆咚的,你让我在这里下车?我还没到目的地,你得把我送到。"

我沉默了十多秒,想想算了,何必跟一个无法沟通的醉汉置气,于是强迫自己恢复平静的语气,不卑不亢地说:"可以,没问题,十二公里,夜间价格也就是五十多块。我收你五十,但是我不想再听到你说话。"

一路上,双方没有再说一句话。

到了地方,在路边停好车,等他扫码付钱后,我也跟着下车了,想去路边的卫生间方便。可这个年轻人看了我一眼,突然加快脚步,匆匆走远了。

有的人就是这样,看你态度好,他就强硬,他就刁难;一旦你发飙,他也就怂了。

再回到"垃圾"的话题上:这人是什么"垃圾"?说是"干垃圾"吧,不怎么像;说是"有害垃圾"吧,好像也不太够格。所以说，唉，"垃圾分类"，实在是太难、太麻烦了。

我也知道把极个别的乘客称作"垃圾"有些不礼貌，甚至有违职业道德，但真的想不出别的形容词了。

正能量，负能量

我曾经在半夜载了三个醉鬼，问他们去哪儿，说话声音最高的那个说："到精神病院！"

我顿时虎躯一震，问他："什么？"

那人说："到长清路三林路附近的精神病院！"

看着他们的醉态，我顿时感到十分紧张。大半夜的，这都什么情况？莫非这几个人是从精神病院偷偷溜出来的？可别跟他们发生什么冲突，我默默祈祷着，上路了。

一路上，几个人叽叽呱呱，说的全是醉话，听起来颇不正经，我心里更加没底了……提心吊胆地把他们送到了"精神病院"门口，我定睛一看，这地方叫"同济大学附属精神卫生中心"。他们结账下车，然后朝对面的城中村走去。

我终于松了一口气。

据说，宛平南路600号这个神秘的地址，是上海人都知道的一个场所。就像北京的安定医院、武汉的六角亭、苏州的四摆渡、桂林的矮山塘一样，上海人揶揄别人时会说:"侬是宛平南路600号跑出来的伐?"——没错,宛平南路600号就是上海鼎鼎有名的精神病医院所在。

有一年,一辆失控的小轿车冲到了宛平南路600号的门口,把"上海市精神卫生中心"的招牌撞坏了,竟然成了社会新闻。人们故作惊讶地说:"都知道这里床位紧张,没想到紧张成这样了!"

我也曾遇到真的病人,但是不是精神病患者我不敢说。那天在定西路,一位抱着半拉西瓜的瘦弱老人迟疑地朝我扬手,我停下车,他打开车门,坐到后座上。

我问:"老先生到哪里?"

没听到任何反应,我回头,继续问:"老先生,你到哪里?"

他看上去目光呆滞,慢吞吞地指着怀里的半个西瓜,说:"西——瓜——"

我马上意识到遇上麻烦了,在心里开始进行情景推演:他要是不下车怎么办?我也不能把他强行拽下来啊……是送派出所好呢,还是医院好呢?要么直接报警吧……想了一圈,突然灵机一动,我一个脑子灵活的人,会拿他没办法吗?往前行驶了七八十米,我在路边停车,大声对他说:"好了,老先生,到地方了,下车吧!"

他迟疑了一下,打开车门慢吞吞地下去了。

我大松了一口气,不禁为自己的小聪明洋洋得意起来。后来想想,他或许是老年痴呆症患者?真是可怜啊——我那样处理是不是有些草率了?这不是最好的办法,却是最简单有效的办法。每天一睁眼,就有几百块的份子钱欠在那里,我也得抓紧时间干活不是?只能这么安慰自己了。

还遇到过另一个疑似病人。那是在火车站附近上车的一个胖小伙子,他坐进了副驾驶的位置。车辆从虬江路匝道上南北高架,匝道过半后,最左侧的车道以一根长实线跟右侧分割开来。只有左侧这条车道能够直接进入南北高架路,右侧的都通向天目路立交——我当时初来乍到,不了解这种情形,可能导航曾经提醒,但被我忽略了。眼看着虚线将尽,胖子急切地大声说:"进去!"

我并不知道这个"进去"是什么意思,愣了一下。于是他用更大的声音吼道:"进去!"

我仍然一头雾水,他以歇斯底里的声音叫道:"让你进去,你为什么不进去!你会不会开车?"他这么吼着,我更懵了,后来终于明白是让我进入左侧的车道,可这时虚线早已变成实线,没有机会变道了。

"怎么走?你告诉我怎么走?"他吼得震天响。

这人是神经病吧?上学时脾气再坏的老师,也没在教室里这么吼过。作为一个七尺男儿,遇到这样的情况,我非常火大,不把他赶下车简直对不起他的这种行为,但当时我有一个极大的顾虑，只能不断说服自己，艰难地把怒火憋回去。

导航重新规划路线，很快就到了天目路立交，从转盘那里上了南北高架路，错过刚才的入口，又从距离很近的这个入口进去了，并没有浪费时间，也没有绕路。

胖子问道："你是刚开始开出租车吗？"

我看了他一眼，说："对。"的确，那是我开出租车的第四天，而且还是暂时替别人开的。

我没搭理他。显然他还在生气，但好像我不气似的。接下来的一段时间里，胖子可能意识到了自己的失态，全程两人再无交流。到达静安区的目的地后，他扫码付款，那边页面上能够显示我名字的后两个字，他问道："是××吧？"

听他说出我的名字，我反感得无以复加，心想今天怎么遇到了这么一个玩意儿，真是晦气。

这件事发生在我开出租车伊始，这个胖子直接动摇了我打算正式入行的想法。要是经常遇到这样的乘客，我该怎么办？我很难保证不跟这样的人针锋相对，最后打架互殴甚至进局子。幸好后来我琢磨明白了：我的人生不能任由神经病来支配，被一块又臭又硬的石头绊一下无妨，但因此改变我既有的道路，那就得不偿失了。

相比较起来，下面这个女人就称不上有多么过分了。

她从打浦桥的一家酒店上车，要去瑞金南路。她坐在副驾驶，因而我能看见她时尚、漂亮的外表，苗条的身材。如果不需要专心开车的话，我可能会忍不住多看两眼，但偏偏我是个司机。

一路无话，到了中山南路瑞金南路交叉口，她指着左前方说："就是那个小区。"

我说了一句"好嘞"，然后直行，在前方二百米处的路口等红灯，准备掉头。

女人突然发火了："你什么意思？"

我感到莫名其妙："什么什么意思啊？"

她瞪大眼睛说："你为什么给我绕路？"

我指着左边说："不就这个小区吗？我从这里掉头送你过去啊。"

她说："刚才你左转不就行了，为什么要到这里掉头？你们出租车司机怎么都这样啊？"

我说："你也没让左转啊，我记得这个小区西边有个门，刚才正好直行是绿灯，我这样走不对吗？"

漂亮的她甩出一脸不怎么漂亮的表情："我去北门！你就非得给我绕吗？"

我："……"

她继续说："你安的什么心？多挣一两块就那么开心？上海的出租车司机怎么都这样？"

我有点生气了,看着挺可人的一个女人,怎么这么缺心眼?我说:"就你这两公里不到的路,我至于给你绕?这么走不是方便么,从这里掉头不还是起步价吗?我的车烧的不是油,是水?"

她继续质疑我绕路。我懒得再跟她争辩,随她吧!我不回应,她渐渐地不作声了。马上就到了小区北门,车费金额还停留在起步费上,其实哪怕再走五百米,依旧会是起步费。她扫码付了钱,气冲冲地下车了。

这女人是有被迫害妄想症,还是不止一次地被出租车司机深深伤害过?如果是后者的话,我真叫躺着也中枪。别的师傅,你们好好开,别绕路,行不行?

幸好我马上遇到了另外一个女人,一个可爱的酒鬼,抚平了我心里的些许委屈。

几分钟后我到了附近的一家KTV门口,两男一女上了车,女的坐副驾驶位置,一上车就操着醉腔说:"瞿溪路鲁班路。"

他们要去的地方很近,直线距离不到一公里。女人说掉头,我也知道只能掉头,因为那边瞿溪路是单行道。等红灯时,她跟两个男人说话。绿灯亮了,车辆掉头到一半,她大声喊:"错了!"

我一惊,说:"没错啊!"

她马上反应过来了,笑着说:"对对,是得掉头。不好意思啊。"

我说:"一惊一乍的吓我一跳,让我都开始怀疑人生了!"

她醉兮兮地笑了,提前扫码付账,后排男士抱怨了她一句。

付了夜间起步费二十一块,她说:"就这么多啊,多了都是你的,路你随便绕……"

我笑着说:"我才不绕,付完了钱让我绕,我看起来傻吗?哈哈……不过,带着你们去杭州兜一圈行不行?"

"好呀好呀!"女人嗲嗲地说。

很快就到了目的地,她推开车门要下车,突然回过头朝着我的方向嘟着嘴,来了一个飞吻:姆——嘛!我受宠若惊,她接着飞快地说:"祝你生意兴隆!拜拜!"

上海女人喝了点酒都这么可爱吗?虽然我被调戏了,可是我得承认,这才是正能量的司乘关系!◆◆◆

男女之间

📍

谁也没有料到氛围突然就变了。

花臂青年好像哀叹了一声,继续说:"你说吧,在上海这地方,结婚最起码得有房子吧?可是我家里才四套,这不够啊!得有车吧,我家就两辆,你说这怎么行?我难过,我自责,可是我没有办法,所以只能把孩子……"

女孩在后座咆哮道:"你够了!"

爱情是什么

爱情是什么？这是个问题。

曾经见过一对情侣吵架。眼见已经中午了，他们才打上车，赶去参加男孩朋友的婚礼。

上车后，女孩生气地问："为什么对我这么不耐烦？"

男孩用不耐烦的语气解释："我没有不耐烦……"

乘客赶时间，作为司机，我当然是尽自己所能，以最快的速度往前赶路了。在内环高架下往延安西路立交的方向走，路过内环上中路入口时，男孩问："师傅，怎么不上高架？"

女孩抢着说："入口封闭了呀！"

我说："这个入口早上七点到晚上七点是封闭状态，只能在下一个入口再上了。"

后来女孩问起婚礼的事情，我算弄明白了：按照婚礼进程，他们已经赶不上婚宴开席。去参加婚礼，迟到了怎么说也不太好，再加上堵车，男孩有点沉不住气了，表情和语气都很糟糕。很显然，他没有足够的管理自己情绪的能力。这不,他唉声叹气地对女孩说:"钱都掏了,赶不上吃饭,那就去吃拉面好啦!"

这个说法没有道理,赶不上仪式和开席,又不是赶不上车,迟一点也没妨碍的,都是去捧场,顶多少吃两口呗。

女孩说:"你自己没安排好时间,怪谁啦?迟到了,冲我发什么火?你要是嫌弃我,我下车好了!"

女孩说到了点子上。如果不是双手扶着方向盘,我很想鼓掌呱唧一阵。

男孩肯定也觉得女孩说得没错,所以不好意思再作声了。

过了一会儿,女孩想缓和气氛,笑嘻嘻地跟男孩说话,男孩依旧唉声叹气。女孩热脸贴了冷面,也渐渐沉默不语,气氛很尴尬。

终于到了酒店,两个人下车。女孩笑嘻嘻地挽着男孩的胳膊,大步朝酒店大堂走去。

爱情里最重要的,除了专一,也许就是包容吧,包容对方犯过的错误,以及各种各样的毛病和怪癖,虚荣、懒惰、自私、颓废、自以为是、无节制、臭脾气……

希望这个男孩学会控制自己的情绪,大气一点,好好珍惜这个女孩。

有一天深夜,我在KTV门口排队,两男一女上了车。

左转,沿着沪太路一直往郊外开。

副驾驶座位上的年轻人有一点胖,胳膊上文着我看不懂的文身,就姑且叫他花臂青年吧。他问后座的一男一女:"你们觉得爱情是什么?"

后座男孩一本正经地说:"爱情就是你喜欢她,各方面跟她也对路,想永远跟她在一起……"

女孩则比较彪悍,不屑地说:"爱你大爷的情!你要再问爱情是什么,司机师傅会告诉你吐车上两百!"

我乐了,笑着说:"哈哈,对,把嘴绷严实点儿,管它爱情是什么,吐车上两百块!"

大家笑了一会儿。花臂青年深情地说:"我觉得爱情就是在你落魄的时候,对方还不离不弃,还选择跟你在一起……我跟前女友怎么分手的,你们知道吗?"

女孩问:"哪个前女友?"

花臂青年说:"你别打岔,听我慢慢道来。那时候,我工资刚拿到一万二,买了比较贵的礼物,准备给她一个惊喜。可是,她却在这时候和我说分手。她说,'你那么点工资,没办法养活我的……'要分就分吧,我没有挽留。这是她的选择,我尊重她的选择。升职加薪的事情,就没必要告诉她了。后来,我月工资涨到一万八的时候,她又回来找我,想复合,我肯定不要她了啊!有的女人可能刚开始不把钱看得那么重,但是随着时间的推移,慢慢地越来越物质……如果你没钱、一无所有的时候,她还愿意跟着你,那么这肯定就是爱情了。"

说着说着,花臂青年竟然有些哽咽了,车厢里一片沉默。

这时候过了外环路。沪太路出了市区,就变得比较阳刚,有了性别特征,改叫沪太公路了。

花臂青年接着说:"你们不知道,那时我有多绝望,多难过……"

然后他加快了语速:"可能你们觉得我十九岁,年纪不大,可是我比那些二十多岁的人都经历得多。他们十七岁的时候在干吗?肯定在学校当乖学生。可是我十七岁就当了爸爸,那时候我女朋友怀孕了……"

女孩问:"不是吧?后来生下来了?"

花臂青年说:"没有,孩子打掉了。那时候我觉得没有能力抚养……"

谁也没有料到氛围突然就变了。

花臂青年好像哀叹了一声,继续说:"你说吧,在上海这地方,结婚最起码得有房子吧?可是我家里才四套,这不够啊!得有车吧,我家就两辆,你说这怎么行?我难过,我自责,可是我没有办法,所以只能把孩子……"

女孩在后座咆哮道:"你够了!"

女孩说出了我的心声。如果打人不犯法的话,我真想找地方停下车,把这个无耻的小青年拖出车外,狠狠揍一顿。至于爱情是什么,愿意是什么它就是什么吧!

私奔世家

周末，送一个年轻的老外到浦东的周浦镇。周浦无疑是属于上海的，却有一个称号叫作"小上海"，曾经非常繁华，如今也是人口大镇，只是离主城区有点远。正发愁可能要空车回去时，看到一个小伙子焦急地朝我招手，我喜出望外。

上车后，小伙子说："师傅，你看在哪里停一会儿，我等个人。"

他一开口，我就知道他是哪里人。

停好车后，我问："河南哪里的？"

他一愣，说："你能听出来我是河南的？"

我说："当然了！有时还能具体到哪个市，如果是我老家附近的，哪个县我也能猜个八九不离十。"

他说："我是郑州的，新密，知道吧？"

我说："当然知道，我有一个同学就是新密的，但很久没有联系了。"

等了十多分钟，他不时地看看手机，打了两个电话，问对方还要多久,一副很焦急的样子。

我问:"你等的人快来了吧?"

他说:"我也不知道啊,没事的,等的时间久了,我给你加钱。"

我指一指计价器,说:"不用加钱,时间也算钱的,怠速一分钟一块钱。"

他说:"那麻烦你了。"

我猜他等的是女朋友,我猜对了。

在后来的闲聊中,我得知,他是来镇上接被严加看管的女朋友离开的,通俗点说就是私奔。女朋友是安徽淮北人,高中还没上完,就跟着同学去了深圳,他们是在深圳认识的。女朋友的父母一直在上海打工,听说闺女交了个男朋友,怕闺女"跑野了",就在上海这边给她找了份工作,连哄带骗地让她到身边来。后来女朋友把自己一个闺蜜也带过来了,许多事情坏在这个闺蜜身上。

小伙子说:"我女朋友对我倒是死心塌地,可是她妈妈不怎么同意,一心钻到了钱眼里,问我要至少三十万的彩礼!这三十万,说多不多,说少也不少啊!买房子、装修、买车是必须的吧,这些都把人折腾坏了!哪个家庭还能一下子拿出来这么多钱?"

小伙子又说:"更可气的,是她那个闺蜜,自己找了个小混混男朋友,家里也是不同意的。她倒好,还一直阻止我们两个在一起，挑拨我们。你说她是什么心态？有一次她在微信上对我说：你们没有结果的，以后你会整天以泪洗面……这话听起来是劝，但实际上是挑拨，因为我跟我女朋友的关系一直都很好。"

小伙子还说："从昨天到今天，快急死我了！我昨天下午过来的，还一直没见上她，心急火燎的，连一口水都喝不下去……师傅，待会儿你开快点！咱们走周邓公路，直接上沪奉高架，转外环，一直到虹桥火车站。"

我说："没事，别着急，该是你的，跑不了——你对路线挺熟啊。"

小伙子嘿嘿一笑，说："我提前查过，这么走是最快的。不过，这儿我也来过两三次了，都是为了她。"

我问："带她走之后，就不怕她爸妈发火吗？"

小伙子说："那没有办法，我条件有限，不能拿钱强攻，只能智取。先带她回新密老家，再去成都。我们两个一块儿赚钱，以后的事情再说吧。"

又拨了两次电话，对方没有接，小伙子有点急了。可能是为了缓解焦急的情绪，他开始跟我不停地说话："夏天来的时候，下大雨，我从火车站叫了辆快车。司机接到我，说下雨天他要涨价，到周浦二百块。以前都是一百左右。我急着见女朋友，就答应他了。谁知道到了这里，扫给他二百之后，那孙子又在软件上给我推送账单，一百一十块,我哪能付给他?搞得我现在用这个号都叫不了车……你说网约车怎么这么黑?"

我问:"你为什么不投诉?"

他说:"以前不是不懂嘛……"

我说:"不是网约车的问题,是人的问题。不管什么车,出租车也好,网约车也罢,大部分司机都是有职业道德的。哪怕是黑车司机,有些要价也不过分。只有一部分人,可能祖宗十八代都是要饭的,穷疯了,挣钱主要靠坑,能坑多少是多少。以后你遇到加价、绕路、不打表,直接投诉就行,坐出租车记得要发票,坐网约车投诉更简单。"

小伙子一边听我讲话,一边不停地发微信、拨电话,好不容易再次打通了电话,女朋友还在纠结怎么归还闺蜜的电动车。

小伙子说:"你别管那么多,直接停在银行或超市门口,钥匙留下,塞在车上,再打电话让她自己取就行。"

电话那边说:"你怎么能只顾自己?我得安排好啊!"

小伙子说:"又不是让你把她电动车给扔了,想想她当初是怎么出卖你的?要不是她套出来我家的位置,你爸能找到我家里来?"

我乐了,看来这次私奔还有个前传——原先他俩已经私奔过一次,但被女朋友的闺蜜出卖,最终以失败告终。

等的人终于出现了——小女朋友长得还挺漂亮,亭亭玉立,背了一个双肩背包。小伙子满脸激动,惊恐地四处张望。

接下来,就是我的戏份了。我赶紧打火起步,节奏沉稳地驾车离开,载着他们,小心变道、伺机超车,一路狂奔向前。不承想,后边有一辆车追了上来,不停地按着喇叭。没过两分钟,后视镜里又出现了另一辆。我感觉自己的车的轮胎已经开始发烫。其中一辆车曾经超越我,但我马上减挡,加大油门,终于成功赶超。对方气急败坏地变道,想撞我的车身,但因为速度太快翻了车,一头撞进绿化带。可是渐渐的,越来越多的车出现在道路上,拼命追逐——当然,经常出现在电影里的这种飙车戏并没有发生在我身上,以上都是我的臆想——几十分钟后,将他们顺利送到虹桥站,我就忙自己的去了。

当载着那一对小情侣出发的时候,我曾经很想放一首郑钧的歌《私奔》。两个私奔的人,听着"想带上你私奔,奔向那遥远城镇;想带上你私奔,去做最幸福的人",是不是很带劲?这是最合适的背景音乐啊!后来想一想,还是算了,太腹黑了,有点存心戏弄他们的嫌疑。两个人那种腻歪劲儿,我就不多说了,倒是小伙子对女朋友说的那句话有必要提一下:"小叔跟我交代,接到人后赶紧走，一秒钟也不能耽搁，不然会被打，因为他亲身经历过……"

嗡！原来，这是个私奔世家啊！

不能琢磨的事

有一天，遇到一男一女。男孩打车，送女孩上班。看样子，女孩应该是他的女朋友，也可能不是。

没多远就到了。男孩说："师傅，她下车后，再送我回原来的地方。"

女孩下车，他们挥手再见。

行驶了二三百米后，男孩说："不用回去了，你看哪里有早餐店，放我下来就行。"

然后他补充说："我不想跟她一块吃饭。"

我心里想，你跟我说这些干吗呢？在来的路上，他分明殷切地千叮咛万嘱咐，要女孩一定要先吃点东西，再去上班。

有很多事不能琢磨。

正好是这一天的半夜，在高架下的一个公交站旁，一辆凯迪拉克拦住了我的车。从车上下来一个女孩，要去桃浦。路程不远不近，十五公里，夜间车费大概七十元。

高架封路了，车只能从路面走。快到目的地的时候，女孩问:"师傅,还有多久?"

我说:"两公里,三四分钟吧。"

她继续问:"师傅,能不能请教你一个问题?"

我说:"你尽管问。"

她问:"高架封路了,到这边是不是私家车过不来,高架上只有出租车可以走?"

我说:"没有这个说法啊,高架养护的时候,什么车也上不去。"

她又问:"不走高架,是不是要绕?"

我说:"不用绕,高架上走不了,就走高架下的地面呗!就是红绿灯多,费时间。"

她接着问:"那地面是不是私家车不能走?"

我说:"都可以的。"

她说:"哦,我知道了,谢谢。"

女孩应该明白了。聪明如我,也马上明白了:截停我的那辆私家车的车主,要么是这女孩的朋友,要么是她的相亲对象,吃了饭、看了电影后,并不想送她回家,然后撒谎,编了一个不走心、有很大漏洞的烂理由。

你看,琢磨得多了,心会凉的。

后来有一天,晚上十点多,在浦东郊区的某个小镇上,我遇到了一个女人。网络约车,从一个药店,到一家KTV。事实证明,起点不是起点,终点也不是终点,坐车的人也不是下单的人。

到达起点后，我发现真正的起点在路对面的鸡煲店门口，真正坐车的人是鸡煲店年轻的老板娘。

店打烊了，锁了店门，她一个人上了车。帮她下单约车的女性朋友骑电动车走了。

上车后，我说："刚才给你打电话联系，你也没接。"

女人说："我自己的手机叫不到车，是用朋友的手机叫的。"

当时不到十一点，在这个区域叫不到车是不大可能的，不过我没说什么。

她又说："师傅，你能不能把订单取消？待会儿我用现金结账。"

我说："不用取消，订单结束后你直接给现金就行。"

这个女人爱说话。她又说，朋友把她的电动车借走了，太不方便，只能打车了。接着她开始打电话，听起来是打给她老公的，先聊了点店里生意上的事情，然后说朋友在唱歌，非要叫她去，盛情难却，不去不行，让老公先睡，她去去就回。

到了订单中的KTV附近，这里已经远离了小镇的核心地带，相当安静。

她问我："你知不知道附近有一个金港宾馆？金色的'金'，港湾的'港'。"

我摇摇头，说："不知道。"

她让我开车带她找找。于是我就顺着街道仔细搜索。

她说："我一个朋友喝多了，去了这个宾馆。我不放心，得去看一下……这朋友真不让人消停！"

终于找到对应的宾馆，名字跟她说的有些出入，是"京港"，而不是"金港"，但可以确定是这个宾馆了。从名称来看，这家宾馆的老板身在上海，心系北京、香港。

她打电话，确认房间后，又问我："可不可以留个电话？这里太偏，待会儿我怕打不着车。"

我说："你可以手机约车啊。"

她说："我手机叫不到车的。"

我有些纳闷，说："关键是待会儿我不一定在这附近了。"

她说："那你等我十分钟。"

我答应了她，也给她留了电话号码。

刚过了几分钟，她发短信过来：师傅，我找到朋友了。不好意思啊，可能还得四十分钟左右，你还能不能等我？

正好有点饿了，我回短信：这样吧，我去附近吃个饭，待会儿你再跟我联系吧。

于是我就找饭店吃饭。刚吃完，就看到她发来短信，我接上她，送她回了家。

这实在是一件很有意思的事情——都知道的,网络约车,会在软件里留下订单信息。

喝不惯的咖啡

我跟大虎是在出租车蓄车场认识的。

若没在大城市开过出租车,一般人不会知道世界上还有出租车蓄车场这种场所。它属于大型机场、火车站、游乐园的配套场地,大部分送站的出租车司机都会进蓄车场排队,也有专门不舍远近赶来的(一般是浦东机场蓄车场)。

蓄车场内设有专门的隔离车道,车道两端都可以上锁。司机按顺序泊车,停留一段时间后,在引车员的引导下,排队去接出站的乘客。这里餐厅、超市、洗手间一应俱全,师傅们来这里吃顿饭、休息一会儿,是个很好的选择。虹桥枢纽的三个蓄车场一般不到两个小时就会放行,快的时候只需半小时甚至一刻钟。浦东机场蓄车场比较大,二十四小时开放,可以停大几千辆车,颜色各异、高矮不等的出租车一排排伫立,蔚为壮观。但在这里等待的时间就比较久了,至少也得三个小时,四五个小时都算正常,有时候还会隔夜。如果天气不是太冷或者太热,师傅们能凑合着在车上睡上一觉。

那天我进了虹桥枢纽的某个蓄车场，里面的车辆只蓄了一半不到，必定会很快放行。眼看来不及吃饭，我就去餐厅接了一杯热水，慢慢悠悠地往回走。

相邻车道的一辆车的右后轮瘪着，一个小伙子正在吭哧吭哧地卸轮胎。但是无论他那瘦弱的胳膊在套筒扳手上怎么使劲，螺母依旧岿然不动。

我对小伙子说："你这样拧不动的，脚踩上去试试！"

他把头抬了起来，一脸的汗水。这是个阳光少年般的小伙子，年纪应该比考驾照要求的最低年龄大不了多少，外形跟当年的小虎队、如今的TFBOYS成员比起来，也毫不逊色。他擦擦额头上的汗，笑着问道："还得用脚？"

我点点头。

他调整了一下扳手的角度，试着用脚往下踩，扳手依然定在那里。然后他直接站上去，以整个身体的重量压了几下。螺母像被感动了似的，终于松动了。一旦突破第一道防线，之后的就好办多了。

他高兴地笑了起来，转过身对我说："原来得这样！刚才费了很多劲，都是白忙活！谢谢，谢谢！"

他把螺母各个击破，最后一个实在有点紧，试了好几次，依然没能把它攻下。我说："我来吧。"

凭借八十公斤的体重，我站上去狠狠一踩，扳手就顺势而下。这时就该千斤顶闪亮登场了。但这小伙子是个标准的新手,我看他别扭地摆弄,觉得有必要上前搭把手。

我一边升千斤顶,一边跟他攀谈:"以前没换过车胎吧?"

他笑着说:"这是第一次。开出租,我才开了三个月。"

"看你就不大。不过换上一次,以后就熟门熟路了!"

"刚才在外边,没停车的地方。有个地下车库出入口那儿有块空地,明明不影响通行,那个保安就是不让我停!"

"保安也是按规矩办事。来这里正好,还不耽误接人。"

他手忙脚乱地卸下轮胎,又装上备胎,先用手拧上螺母,直到拧不动,再按对角交叉的顺序用扳手上紧——看来是提前做过功课的。

这时候,车道已经陆续放行了,正好小伙子前面有一辆车的司机还没回到车上。调度员通过对讲机报告给调度中心后,广播台马上开始广播:"A区车牌尾号为××××的出租车驾驶员,请听到广播后速回车上……"

在那辆车的司机急匆匆赶回之前,我帮小伙子搞定了换胎的事情,总算没有阻塞队伍。小伙子一个劲对我道谢。我说:"赶紧发车吧!尽快找地方去补胎,备胎不能久用。"

巧的是,没出几天,在虹桥机场的蓄车场,我竟然又神奇地遇见了他。他看见我,叫住我,笑盈盈地跟我说话。他还惦记着上次的事情,要请我吃饭。我赶忙摆手拒绝:"小事一桩,用不着的,我刚才也吃过了。"

他说:"不是在这里。哪天收工早了,咱们找个地方好好吃!"

这个阳光、爱笑的小伙子挺会来事,但些许小事真不值得吃他一顿。

我们聊了一会儿。他叫大虎,刚二十岁,高中辍学后在宁波打了两年工,被开出租车的爸爸叫到上海来。子承父业,父子两人合开一辆。

"喜欢上海吗?"我问。

"当然喜欢啊!"他转变了一下腔调说,"上海滩,满街都是钱,遍地都是女人。谁能够下决心,就可以争得赢;谁能够把握机会,就能出人头地。"

我心想这小子够可以,毕竟这个年纪喜欢周星驰的人并不多。

我加了大虎的微信。他的网名很浮夸,叫"你瞎啊,撞我心上了"。看来他也许是个情圣、泡妞高手。后来,我们通过微信有一搭没一搭地聊,互相晒单,收工之前比对一下流水额,也是一种放松的方式。我能给他提供一些经验，他也有自己独到的心得体会。渐渐的，我们熟悉了。我住浦东，他住淞南，距离不算近。每次出车，我们都是在这个城市里做"布朗运动"，能凑在一块的机会不多，两个月就碰了三次面。那种四五天内在蓄车场遇见两次的情况，实属幸运。碰面之后，即使开车不能喝酒，两个人在小馆子里也聊得不亦乐乎。我少年时就喜欢跟年龄小几岁的孩子玩，没想到现在重温了那种情景。

有一天，他给我发消息："哥，有个女乘客要请我吃饭，你说我该去吗？"

我跟他开玩笑说："你在跟哥炫耀是吧？我比你入行早，还没有女乘客要请我吃饭呢，连给我留联系方式的人都没有。说清楚，你这到底是什么意思？"

他说："别闹，找你出主意呢。你别挤兑我。"

其实以他这样阳光帅气的外形，被小姐姐们惦记上是很正常的。他还说过，有不止一个上海阿姨要给他介绍对象。

我继续跟他开玩笑："为什么不去啊？去呗，不去多对不起你的微信名啊！女乘客多大年纪？是个小姐姐肯定没问题，这次她请你，下次你请她，慢慢就有故事要发生了。是个大姐姐的话，你就更要去了，说不定都不用开出租了呢！"

末尾，我加了三个坏笑的表情。

他说:"也就你,天天幻想着被包养!"

大虎这种说法是不对的。我知道自己的斤两,世界上百分之九十九的男人被包养后,才能轮到我。这种不切实际的幻想,不可能发生在我这么理性的人身上。不过我的乘客里,还真有被包养的小年轻,只是那又是另外一个故事了。

过了一会儿,大虎说:"是个小姐姐,比我大,没你大,在写字楼上班。那天我送了她以后,她要了我电话号码,说需要坐车再联系我。后来又接送了她两次。"

我说:"你小子行啊,是专门跑去送她的?"

他说:"有一次正好在附近,还有一次跑了八九公里过去的。"

我说:"原来故事已经发生了!舍近求远的,你这么优秀,你爸知道吗?"

他说:"这些事儿跟他说干什么啊?我也就能跟你说说。"

第二天,我回了一趟老家。大虎的桃花事件如那落花流水一般,渐渐飘逝。五六天后,我重新跟他联系,才想起这码事,马上追踪后续状况。

两个人在一家网红火锅店吃饭,排队就排了两个小时,一边吃商家送的果盘,一边聊天,吃饭又吃了很久,聊得不错。女孩在南京上大学,毕业后就来了上海,工作一年多了。她正好比大虎大三岁,而大三岁一般被认为是比较吉利的。女孩姓杜,不叫杜鹃,却有个意思为"杜鹃花"的英文名"Azalea",音译"阿泽利亚",很好听,也很别致。我对大虎说:"她的英文名如果叫'Rose'就好了。心有猛虎,细嗅蔷薇,那你们就是绝配。"

准女友的照片,大虎也给我看过,对方是一个很漂亮且有气质的女孩。后来,他请女孩看了一场电影,女孩带他去咖啡馆坐过两次。

大虎说:"在咖啡馆坐着太别扭了,怪怪的,总感觉不是我坐的地方,咖啡又不好喝。"

我说:"你要想跟她交往,就得学会喝咖啡,慢慢就习惯了。我这么粗糙的人才不适合喝咖啡,估计一辈子也学不会。你不一样,你还年轻。据说喝咖啡会让人上瘾,等你爱上那个味道的时候,没事就想来一杯!"

如果两个人相互有意思,实在是件很有意思的事情。没事约会约会,意思意思。相处久了,意思到了,就自然而然地走到一起,从而进入一个更有意思的广阔天地。我期待着这一天的到来。世界上少了两颗年轻而孤单的心,多了一对相互倾心的情侣,总是好事。什么时候两人吃饭,能把我捎带上,对我来说也是好事了。

但我始终没能见到大虎的杜鹃花。偶尔我还会拿他俩打趣,但是渐渐的,大虎对他们之间的事情有点支支吾吾了。

对于我，这是则可供调侃的花边新闻。对于大虎，却是认真对待的人生经历。他们又约会过几次，但大虎还是喝不惯咖啡。两人仍然谈笑风生，可是很明显，他们之间的共同话题越来越少。毕竟，两个人的生活轨迹不同，所思所想更不一样。有一道无形的墙，把他们无情地阻隔。有了乍见之欢，却无法做到久处不厌，这是大多数男女都会遇到的问题吧。

大虎不是没有过感情经历，高中时就恋爱过，在工厂上班后也谈过一个女朋友，处了几个月，后来经历一次争吵，分手了。这次虽然还没来得及进入恋爱状态，但对他的打击也是不小的。

时隔多日，我又拿杜鹃花打趣大虎。他说："哥，咱能不提这事儿了吗？我这么有职业道德的人，泡谁不行，怎么会对自己的乘客下手呢？"

我明白，大虎已经不再黯然神伤，彻底从这件事里走出来了。这么优秀的阳光小青年，有大把大把的好事等待着在他身上发生。杜鹃花不适合他没关系，命中注定、娇嫩可爱的蔷薇，必定会在某一个时间、某一处地点跟他相遇，任迷人的花香洒满小径。◆◆◆

神奇的逃单

我那激动的搭档,这一晚翻来覆去地睡不着。他仿佛刚刚经历了一场峰回路转的生死战斗,刚刚体验了一次不可思议的终极冒险,急不可耐地想对别人讲述一番,可是他的老婆早已入睡,第二天一大早又要上班,而我的拒绝又那么无情无义。

憋了一晚上,他终于在第二天中午以请我吃饭的名义,实现了向他人倾诉的愿望。他激动的心情溢于言表,看得出来,这个故事已成为他职业生涯中的压轴记忆。而这个谜一样的女孩,必定作为他乘客中"神"一般的存在,经年难忘。

霸王单

有人逃景区门票，有人逃火车票，还有人吃霸王餐。那么坐出租车不给钱的事，肯定也曾经发生过吧？

这事儿我的一个伙计遇到过两次。

都是在夜里遇到的。第一次是一个打扮得漂漂亮亮的年轻女孩，一到小区后，打开车门就跑。伙计懵了。等他反应过来下车找人时，女孩已经宛如一阵风消失得无影无踪。看来，他遇到的是一个风一样的女子。

第二次同样是一个年轻女孩，到了小区的一幢居民楼前，一打开车门，就跑进了单元门洞。相似的配方，熟悉的味道。有了前车之鉴，伙计下车急追，但还是差一步没追上。每层楼有四户人家，他也确定不了是二楼还是三楼，具体是哪一户就更不得而知了。他气得要命，下楼后仰头骂了一阵，悻悻地离开了。

其实逃单的事情我也遇到过。

有一次，三个喝了酒的小年轻乘车，两男一女。其中一对男女是情侣，男的喝多了，刚开始还好，后来对着女朋友发脾气,在车里大嚷大叫,东踢西踹。不爱惜我的车也就算了,还这么不爱惜女朋友。一瞬间,我心里升起想教训他一顿的冲动。后来停车等红灯的时候,这孩子直接拉开车门跑了,另一个男孩下车追他,让女孩先回去。

女孩说:"师傅继续走,就去刚才说的那个宾馆。"

到了目的地,计价器上显示车费二十二块。女孩说:"不好意思,我这会儿没钱。我打电话,让我朋友给我转点。"

于是她开始打电话,但她朋友好像并没有接。她说:"可不可以加你微信,待会儿我朋友转来后再发红包给你?"

我想了一下,说:"那好吧。"

在这之前,一个从夜店出来的大小伙子坐车,不巧手机没电,我车上又没有相匹配的充电器。于是他让我留了他的手机号码和微信号,到家把手机充上电,开机之后马上把车费发给我了,还一个劲地跟我道谢。那次车费大概是七十元。对于这次的二十多块钱,我一点也不担心。毕竟这么点钱,谁会赖账呢?但是现实的戏码没有按我预设的剧本往下演。直到第三天,那女孩还没有把车费发给我。我给她发微信信息提醒时,发现对方已经把我的微信号删除了。这女孩智商还是有点欠缺,应该把我拉黑,不是吗？她仅仅是把我的微信号删除，就留下了被我指责一顿的机会。面对这样的机会，我如果不说她几句，怎么对得起她？

其实我能想明白这些年轻女孩为什么这样做。她们从小地方出来，也没读过几年书，基本上也找不到什么好工作，又爱吃、爱玩、爱买买买，在经济方面时常捉襟见肘，透支花呗、借呗，甚至借了一堆网贷，所以才破罐子破摔，做出这样的事情。

但后来遇到的一个男人，我就有点不理解了。他大概三十岁，要从徐汇到浦东三林镇懿行路的一个小区。在车上，他一直打电话，听起来像是某公司的业务人员。下车后他用微信扫码付钱，但我的手机却没有显示收到车费的信息。不过由于系统或信号原因，有时候车费延迟到账也是正常的，所以我也就没有在意。可是一分钟后，我依然没有收到钱。下车到单元楼里转了一圈，哪里还有人影？小丫头逃单也就罢了，一个大老爷们也这么没出息。

这次我大概损失了五十块左右。

其实类似没出息的事情我上学的时候也干过，还是"团伙作案"。那次是在青海湟中，老师带领大家到塔尔寺观摩。当天中午，几个同学在广场附近的一家饭店吃面，老板少收了三个人的面钱。我们觉察到以后，内心忐忑，但假装淡定地走出了面馆的门,然后开始了这辈子最快的一次短跑。

那次逃单并不是恶意的,而且在我们看来是十分好玩的事情——占便宜的草蛇灰线,这就呼应上了,那些年没出息地省下的钱,如今又连本带息地还回去了。

逃单几十块的尚属正常,逃单上千块的也不是没有。

去年,另外一个伙计就遇到了。三四十岁的一男一女,从上海打车去安徽芜湖。到了芜湖郊区,女人先下车了,男人继续前往市区。抵达目的地时,车费加过路费一共一千六百块。不料男人说他没钱,付不了车费。

伙计懵了,问他:"没钱你坐什么车?存心坑我吗?"

后来他翻了男人的钱包,就几十块钱。男人的微信和支付宝里的余额都是零,花呗、借呗被封。

伙计把几十块钱留下,气呼呼地说:"你他妈的没钱坐什么车?充什么大爷呢?"

男人说:"刚才那个女人有钱,本来是想让她掏钱的,我也没想到她提前下车啊!妈的,知道我好面子,这么坑我!"

伙计说:"那你给她打电话,让她转钱过来。"

男人说:"这事儿我干不来。再说,我就是打了,她八成也是不给。"

看到男人这般耍赖,伙计很是发愁,想直接把他送到派出所，转念一想，不能耗在芜湖，应该回上海报案。男人给不了车费，只能随伙计一块返回上海。计价器当然不能停。于是，回到上海后，车费翻了一倍，三千多了。

伙计在上海某个派出所报了案。民警一番调查盘问，得知这男人没正经工作，离异状态，孩子被判给了前妻，还曾经因为打架斗殴和赌博被拘留过两三次。在警察的劝诫下，他依旧坚称没钱付账。看来，要么是真的没钱，要么是存心耍赖。不是盗窃，也不是抢劫，是坐了车但给不起钱。民警说这可以立案，但够不上拘留的标准，所以建议他们自行协调解决。

伙计无奈，带男人离开了派出所，让他找亲戚朋友借。他说没人愿意借钱给他这么爱赌博的人。后来伙计咬咬牙，找了个地方，把他关了起来，然后跟朋友们商量怎么办。有人说，如果关押他的时间超过二十四小时，你就犯非法拘禁罪了。他要是告你，你就倒霉了。伙计上网一查，果然如此，吓了一跳。但是忙活了一天，还亏了三千多块钱，发生在谁身上都会非常不爽的。拘禁这个男人，肯定不能让他饿死，还得管他吃饭，把从他钱包里拿到的、仅有的几十块也搭进去了。快到二十四小时的时候，伙计把男人给放了，扣下了他的身份证。

可是，直到最后，伙计也没把钱拿到。那张身份证，至今还在他的手里，估计是他这辈子花钱最多、最没用的一张卡片了。

而我接下来要讲的,我的搭档所经历的这个故事,更加奇特。

谜一样的女孩

这天中午,我的搭档用软件接了一个单子,一查看,终点是江苏盐城的一个小区,全程三百多公里。他按捺住激动的心情,赶紧和乘客联系。是一个男人接的电话,那男人说:"我给一个朋友叫的车。你按导航过来就行,我也在门口。"

门口指的是起点的位置,一家医院的门口。我搭档以最快的速度往那里赶去。在路上等红灯的时候,他把这一单的截图发到司机群里炫耀。前边那个损失了三千多块的伙计语重心长地说:"路上去服务区或什么地方时,你可千万把乘客看好了,能跟着她就跟着她!"

我搭档表示赞同,他依然是兴高采烈的,并不知道这天等待自己的会是什么。

到了医院门口,他见到了叫车的男人,穿着白大褂,是个中年医生,坐车的则是个二十岁左右的女孩。医生说:"到了地方,你把账单发给我,我会付款的。"

女孩坐在了副驾驶的位置,一上车就开始抽烟,很娴熟的样子。

驶入高速公路后，女孩翻下遮阳板，照了一会儿镜子，看了我搭档两眼，莫名其妙地开始笑，好像想说点什么，又不好意思。我搭档是经验丰富的老司机，一个陌生女孩无法揣测的笑丝毫不会影响他驾驶，他继续专心地开车。

过了一会儿，女孩又开始笑，指着汽车中控上架着的三部手机，说："大哥，商量个事儿，能不能借一部手机让我玩会儿？"

我搭档问："你自己的呢？不可能连个手机都没有吧？"

女孩笑嘻嘻地说："在我包里呢，坏了。路上好无聊哦，借我一部玩玩呗。"

我搭档当然不忍心拒绝一个美丽女孩的小小要求，说："离你最近的那个，你自己取下来吧。"我的天，他可真大方，那是两个人共同使用、所有权属于我的手机。

当代年轻人失去手机，就像失去了灵魂，惴惴不安；得到手机，恰似重新拥有了一切，笑逐颜开。这个女孩也是如此，瞬间明媚了起来，手指熟练地在手机屏幕上飞舞，像一位演奏家快乐地弹着钢琴。玩了一会儿，开始放歌，反反复复地就放两首，一首是《沙漠骆驼》，另一首我搭档从来没听过。

在单调的歌声中度过了两三个小时,终于到达了目的地,江苏盐城的某个小区。车开进去,停在一幢楼前。我搭档打算翻起计价器来打印发票时,女孩说:"能不能等我一下?我待会儿还回上海。"

我搭档说:"当然可以,我等你。"

我搭档的心里肯定是窃喜的,计价器上显示的是一千三百多块。本来这一趟来回七个多小时,就已经把平时一整天二十四个小时的钱赚够了。如果再带着她回去的话,这一单能赚到两天的钱。

他没有听从过来人的建议,寸步不离地跟着那个女孩上楼,心里多少有点忐忑,但想想这女孩应该不至于逃单,反正还能给医生发送账单呢。

过了十多分钟,女孩还没有下来,他不禁有些慌神。又过了几分钟,正当他打算上楼去瞧瞧的时候,女孩下来了。

出了小区的门,女孩说烟没了,要买烟。搭档说:"我这儿有,要不你来一支?"

女孩摇头拒绝,应该是没看上我搭档的烟。她说:"我抽不惯别的烟。你帮忙买给我,多少钱回头加进车费里就行。"

找了两三家店,都没有女孩想抽的那个牌子的烟。可是女孩就认准了那种,其他的烟统统不要。又找了两家,还是没有。最后,女孩让我搭档帮她买了两包软中华。

"将就着抽吧。"女孩说。

往盐城去的时候,由于女孩赶时间,我搭档一路上都没停车,在城市里又没找到厕所。回程时,上了高速后,我搭档决定,一遇到服务区,就马上去把身体里多余的水分释放掉。

如他所愿,几分钟后,酣畅淋漓。他从洗手间出来,看到女孩的身影,松了一口气。

他上车后,女孩笑着说:"能不能帮我买杯咖啡?也加进车费里。"

于是,女孩喝着咖啡,抽着烟,重新上路了。两个人都挺欢欣的。但这时候我搭档并不知道,前方等待着他的,不是飘洒的阳光,而是翻腾的乌云。

三个多小时过后,回到上海。车费、过路费,再加上烟钱、咖啡钱,金额合计达到三千三百块。我搭档问:"帮你叫车的那个朋友付钱,对吧?"

女孩说:"嗯,你拨通他的电话,我跟他说一下。"

通过手机上的软件,我搭档拨通了那个医生的电话,按了免提。

女孩说:"是我,我又回上海了,车费来回总共是三千三百块……"

不料,医生在电话那头说:"啊?不是说好了吗?去的时候车费我先帮你付了。办完事情了,又不赶时间,你坐个大巴回来不就行了吗?大巴一百多块就够了。"

女孩有些着急地说:"已经这样了,那……你先帮我付一下,回头我还给你。"

医生说:"你这样做是没有道理的……"

两人说了很多。最后医生拒绝付车费,连单程的都不愿意付了。

我搭档说:"你朋友不付,那你自己掏钱呗。"

女孩说:"我没钱。"

我搭档当时就气不打一处来,他终于体会到乐极生悲这个词的含义。在看似繁花似锦的路途上,隐藏着令人愤怒的荆棘和陷阱,遇到了一个美女,同时附赠了一头野兽。

我搭档问:"一点也没有吗?"

女孩说:"一点都没有,我手机都坏了,手机里也没有。"

我搭档说:"没钱你打什么车啊……算了,你是个女孩,我也不骂你。赶紧联系你的亲人朋友,借过来给我就行。"

女孩说:"我……我试试吧。"

女孩记得一个朋友的电话号码,但是对方一直不接,便要求我搭档开车带她去对方住的地方。我搭档还能怎办？带她去呗。

到了那个小区门口后,女孩终于打通电话,把那个朋友叫了出来。

那个年轻人质问女孩:"你说,你找我干什么?找我干什么!说了不让你找我,看你整天干的什么事情!"

女孩央求他,但也无济于事。

女孩无奈,指着不远处的一栋楼,对我搭档说:"我在那里面上班。你看能不能缓我两天?过两天发了工资,我一分不少地给你。"

我搭档说:"还有你这样的?我又不认识你,凭什么相信你?大老远跑到盐城,又把你送回来……"

那个年轻人抢着说:"师傅,你别信她的话,她根本没在那儿上班。她哪有上班啊!你这样,你往那边开,第三个红绿灯路口左拐,再过两个红绿灯右拐,一百多米后,是一个派出所。你直接把她送那里!"

我搭档一听,有点懵了。女孩马上慌了:"大哥,别,我再想想办法……"

然而没有别的办法。她家人的手机号码,她说她没记住。即使记住了,联系上了,就一定会帮她?也不尽然。

短时间内过山车般的剧情反转,让我搭档心烦意乱。最后,他稳定了一下情绪,半是生气、半是无奈地说:"我只能带着你去派出所报案了。"

女孩也唯有接受这样的安排。去派出所的路上，她怯怯地问："我会坐牢吗？"

我搭档反问："你说呢？"

女孩心里必定忐忑不安，我搭档则无比厌烦。这时候，他才注意到手机里有十多个未接电话，都是那个医生打来的。他以为看到了曙光，赶紧打回去，但事实证明他看到的是昏沉的夕阳。

原来，那个医生拒付车费以后，就去忙了。后来一看手机，才发现打车的订单还没有结束，金额还在蹭蹭地往上飙，急了，就打电话过来问。谁知道我搭档在忙要钱这档子事儿，电话可能静音了，没注意到。

医生气愤地问："打这么多电话也不接，你什么意思？怎么还不结束订单？"

我搭档也很生气："我没看到啊！你这是什么朋友？我开车带着她找人出车费，现在还没拿到钱！辛苦地跑了大半天，一分钱也没有拿到，我怎么结束订单？"

两个人扯了一会儿皮。医生说："反正这钱，我不付，事情不是她这么做的。"

到了派出所后，警察很认真地了解了事情缘由，对女孩说："最好是找认识的人，先把车费给付了，回头你再还人家。不然啊，这种情况很麻烦，三千多，毕竟不是三五块、三两百，不是小数目。"

后来从我搭档口中,民警得知女孩的那个医生朋友还算不错,于是打通电话,给他做思想工作。最后医生有些动摇了,愿意付单程的车费。

我搭档跟医生说:"太好了!大家都不容易,你当医生平时很忙很累,我天天开车也辛苦。今天来回七八个小时,也没出差错。你朋友说让我送她回来,我也是好心把她送回来,不然她身上一分钱都没有,手机也是坏的,不知道会遇到什么事儿呢。既然你愿意改口,给单程的钱,剩下的一半我再看看,真不行的话就不要了。我损失一千多,也不是损失不起。把你朋友关进派出所拘留起来,也没什么意思。"

费尽周折,终于能拿到单程的钱,我搭档心中释然了很多,说话也说得中听一些。医生被我搭档这番舒心的话感动了,觉得我搭档人还不错,没有太难为女孩,于是说:"这样吧,我把双程的钱都给你付了,你跑这一趟也不容易。这女孩年轻不懂事,不能让你吃那么大的亏。你告诉她,这钱是我替她垫的,过些天她得还给我。没钱就好好挣钱,不带这么玩的。"

我搭档对女孩说:"你听到了吧?"

女孩激动得直点头。

就这样,我搭档经历了情绪上的大起大落、大喜大悲,终于拿到了属于自己的钱,获得从业以来最高的单日流水;女孩经历了音乐、香烟和咖啡的迷醉,付不起车费的窘境以及担心坐牢的紧张,终于得以放松地呼吸,至于还钱,肯定是明天再考虑的事情了;民警也松了一口气,终于促使这件事有了一个相对好的结局。

派出所是除了民警谁也不愿意待的地方,女孩跟我搭档一块出来了,希望我搭档帮忙把她送到一个地方。大把的钱到手了,我搭档心情好,就答应了,免费送她一程又何妨?

临下车时,她说:"能不能借你手机,让我再给朋友打一个电话?"

我搭档问:"打给谁啊,那个让我送你来派出所的朋友?"

女孩点点头。

我搭档笑着说:"还打什么打啊,没看到他都不愿意管你吗?"

送走了女孩,已经晚上十点了。加完油回来,接近十一点。我搭档叫我出来吃饭,可我已经躺下了。当时我只听到他的声音十分殷切,不知道他刚刚经历了什么,于是无情地拒绝了他。

我那激动的搭档,这一晚翻来覆去地睡不着。他仿佛刚刚经历了一场峰回路转的生死战斗,刚刚体验了一次不可思议的终极冒险,急不可耐地想对别人讲述一番。可是他的老婆早已入睡，第二天一大早又要上班，而我的拒绝又那么无情无义。

憋了一晚上，他终于在第二天中午以请我吃饭的名义，实现了向他人倾诉的愿望。他激动的心情溢于言表，看得出来，这个故事已成为他职业生涯中的压轴记忆。而这个谜一样的女孩，必定作为他乘客中"神"一般的存在，经年难忘。◆◆◆

偷听

女孩接着说:"哈哈,没想到吧?再考你一个:装香烟的是烟盒,装戒指的是戒指盒,你知道装我们俩的是什么'盒'吗?"

男孩想了想,说:"是……我不敢说。"

女孩说:"有什么不敢的?赶紧说来听听。"

男孩试探着小声说:"骨灰盒?"

奔现翻车

有一天半夜,载一对年轻男女,从一家咖啡馆去一家午夜影院。

两个人看起来是情侣,也可能不是。他们在后座聊天,聊着聊着,聊到前任的话题上。女孩开始疯狂吐槽:"我前男友真是个控制狂、吃醋狂。当初不知道怎么看上他了!他不允许我跟任何男人交流,看见我跟哪个男的说话就直接甩脸。有一次我包不是被偷了吗?手机、身份证、银行卡统统丢了,我就用他的身份证,办了一张手机卡。后来,我俩因为一点小事吵架,他就去移动营业大厅,把我所有的通话记录打印出来,然后逐个给那些人打电话,盘问人家跟我是什么关系、当时都说了些什么,让我把一辈子的脸都丢完了!几个朋友联系我时,我还莫名其妙,一时间搞不清咋回事。知道是他干的好事后,气得我呀,劈头盖脸把他臭骂一顿,直接跟他分手了!"

男孩说:"看看你都遇到的什么人,还有这样玩的?长见识了。"

女孩说:"还有一次差点落入虎口,很有意思,我都不好意思讲。"

男孩说:"讲呗,有什么不好意思的,我想听。"

其实想听的,还有我,好奇的出租车司机。

女孩笑了一下,说:"那时候我不是喜欢一个游戏主播吗?感觉他帅得不要不要的,很符合我的审美。后来我跟他私聊,他竟然回了我,让我很激动。聊了一段时间后,我想见见他,他也答应了。于是我坐火车去南昌奔现。没想到的是,一见到真人,我直接蒙了。真人实在是……不忍直视,可能是期待太高了?我一边跟他说话,一边心里嘀咕着太丑了、太丑了。强聊了几句,我说坐车太累,需要休息一下,于是在酒店开了房间,让他过几个小时再来找我……"

这时候,过四平路地道,一辆摩托车突然逆行驶过来。

女孩大吃一惊:"这骑摩托的有病吧?"

男孩说:"是啊,没见过在地道里逆行的。"

我说:"大连路隧道里逆行的电动车我都见过,别说这短短的地道了。"

女孩嘀咕:"这人不要命了吧?"

我突然明白是怎么回事了,说:"应该是前面有查酒驾的!不然他也不会冒这风险。汽车没法掉头逆行,摩托车可以。这家伙肯定喝酒了。"

果然,到了地道出口处,有几个交警举着酒精测试仪,逐车排查。这突如其来的惊吓把女孩讲的事情打断,男孩还惦记着,问道:"后来呢?你跟那男主播怎么样了?"

这一刻我在心里默默感谢这个男孩,他问出了我想问的问题。

女孩说:"我不是把他支走了吗?他前脚下楼,我后脚拎着箱子也下来了,直接到前台退房。前台小姐姐看着我,愣了五秒钟,问:'你确定要退房吗?房费可是一点也不能减的哦。'我说:'我确定,该多少钱就多少钱吧,没关系的,快点,我赶时间。'哈哈,小姐姐一边疑惑,一边给我办了退房手续。然后,我以最快的速度打出租到车站,坐高铁回了家……"

男孩说:"傻眼了吧,让你再花痴!"

女孩说:"你说真人跟直播上的差别怎么这么大?后来我才知道,他们直播时用了特定的插件,再丑,都能给转换成男神或女神!"

男孩说:"我看过那样的视频,我给你找一下,稍等。"

找到视频后,两个人一块看了一遍,一边发出"我去"的感叹,一边说:"科技太强大了!"

后来他们又聊到很多人倾家荡产地打赏网红主播，有男有女，有的甚至还背上了不少网贷。还有一个男人给某个女主播打赏几十万，依然觉得不过瘾，开始诈骗同事和客户的钱，最后坐牢了。有的小孩子也不让人省心，某家长发现自己银行卡里的钱少了，于是报警，最后发现是自己的儿子偷偷打赏给一个主播了……

他俩正说得起劲，到达目的地了。他们下车后，一种怅然若失的感觉向我袭来。

偷听的乐趣

一对情侣在后座小声交谈。女孩问:"你知道我的缺点是什么吗?"

男孩问是什么,女孩说:"缺点你。"

男孩一愣,我当时差点笑喷了。这就是当今流行的"土味情话"吗?

女孩接着说:"哈哈,没想到吧?再考你一个:装香烟的是烟盒,装戒指的是戒指盒,你知道装我们俩的是什么'盒'吗?"

男孩想了想,说:"是……我不敢说。"

女孩说:"有什么不敢说?赶紧说来听听。"

男孩试探着小声说:"骨灰盒?"

套用星爷电影里的台词:我们是有职业要求的,无论乘客说得有多搞笑,我们都不会笑,除非忍不住。有乘客把目的地"芮欧百货"说成"纳欧百货",我没有笑;把"陆家浜"说成"陆家兵",我也没有笑;但是这次我实在忍不住,笑出声了,转而又感到尴尬至极。偷听失败了,我的职业生涯顿时掺入些许灰暗的影子。

还好,这对情侣只是愣了一下,继而也哈哈大笑。女孩一边笑一边说:"师傅,是不是超好玩?"

接着她公布了答案,是"天作之合"。这谁能想到?土味情话果然有趣。

这是我唯一失败的一次偷听。

作为出租车司机,憋不住笑是很危险的。

在宁浩的电影《疯狂的赛车》里,一群黑帮去接货,阴差阳错接错了人,误把骨灰盒当作带货的容器,骨灰当作毒品。在出租车上,小弟打开骨灰盒验货,按照惯例尝了一口,感觉不对劲,另外一个小弟也尝了一口。导演本人客串的出租车司机从后视镜里看到这一幕,惊讶得张大了嘴,瞪大了眼。小弟跟大哥说:"大哥,味道不对啊!"

出租车司机一个急刹停下车,笑得上气不接下气,还发表了自己的看法:"脑子让门挤了吧?那味儿能对喽?"后果可想而知:随后,这个出租车司机被五花大绑地塞进了后备厢。

著名的英国作家吉尔伯特·海厄特曾在《偷听谈话的妙趣》结尾中描写过偷听的乐趣:"荷马有个经久不衰、被人用滥了的比喻:生着翅膀的语言。别人谈话中的只言片语就长着翅膀,它们宛如蝴蝶在空中飞来飞去,趁它们飞过身边一把逮住,那真是一件乐事。"

抓住一只蝴蝶，就有可能抓住整个夏天。吉尔伯特陶醉于这样的乐事，我亦然。

作为出租车司机，在一辆车狭小的空间里，乘客之间的对话、乘客拨打或接听电话，我偷听起来是相当光明正大的（有时候还不得不见证热恋情侣的卿卿我我），也会听到很多有趣的内容。有时候短短几句话，就能勾勒出这个人的脾气、心性，或展现出一个小故事。

比如这个上海女人打电话的内容："咦？手机怎么在你手里？你爸呢？什么！你爸出去啦？你爸滚蛋啦？这个不要脸的今天没去接你啊？他死哪里去了？好好，干得好，我要骂死他啦！要不要我骂死他？烦死啦……对了，今天考得怎么样啊？估计一下，能考多少分？什么叫还行？茶几上的苹果你现在去吃一个……好了好了，你在家等我吧。我打个电话给你爸，骂死他。"

这通电话，让我直接对这个女人背后的男人产生了无限的敬佩之情。原来只是听说上海有很多爱老婆、好脾气的居家男人，没想到竟然是真的。

再比如另外一个女人的电话内容："别听他们的，说什么不用管不用管。别人打电话问你钱的事情，你实话实说就行了，钱不是不还，只是现在还不了，你好好跟人家说说。别听他们的，什么不用管？他们纯粹是在害你。欠债还钱，天经地义，咱们不是那样的人，自己的责任自己扛起来,自己捅出来的窟窿自己补。王××啊,你心里得有点数了,不能再吊儿郎当了,支棱起来,活出个人样。好好跟人家说,现在手里没有,不是故意不接电话的,就说是不好意思接,接通不知道该怎么说。又不是什么也没干、混吃等死,对吧?现在正在做事,正在赚钱……"

电话那头应该是这个女人不争气的弟弟。这些话既说得义正词严,又没有过多的指责。这个女人令人敬佩。

后来又遇到一个女人,上车后先是跟她老公通话:"老公,那个房子定下来没有?不是给你说了吗?县城里就这个小区卖得好,以后涨价也快。赶紧下定,不要再犹豫不决了……"然后,她打电话给另一个人:"你的钱什么时候能到位?房子都已经定下来了,马上要付首付。"

我猜想,这个人可能是她的朋友。

接下来,女人的语气变得颇为烦躁:"×××这些天一直在看房子,你不是知道吗?这件事给你说了一个多月,问你要钱,你永远说正在凑。到底什么时候能凑好?"

鉴于女人这样的态度,对方应该是她比较亲近的一个家人。

接着,她又对着电话说:"就两万块钱,看看你在怀里揣了多久,迟迟不给我。你又不是没有钱,别说钱都不在你手里。你要是想给,马上就能给!看看,两万块钱而已,就把你心疼到肚子里了。没见过你这么磨蹭的人。"

已经很明显了,对方是她的公婆或者爸妈。

果然验证了。她继续说道:"爸啊爸,你自己看着办吧。你要是心疼这钱,房子买了你别来住!"

这么说,是她公公的可能性也有,但极有可能是她爸爸。女人说话好听吗?并不见得好听。电话那头的人犹豫不决,可能是真的有顾虑。

一路宝石知多少

送客途中听来的对话，就像徜徉在河畔时不经意间捡到的石头，大部分都值得欣赏，极个别的甚至还是宝石，可以把玩许久。所以，工作的时候，我有什么理由心情不愉快呢？

有一天晚上，两个女人上了车，一个老年，一个中年，应该是一对母女。

走了几十米，老太太问："这是哪里？"

女人说："这是上海师范大学。"

老太太说："哦，上海师范大学啊，我来过的。"

又走了没多远，老太太问："这是什么路啊？"

女人说："这是桂林路，转弯了，转到漕宝路了。"

老太太说："哦。漕宝路。"

又过了半分钟，老太太问："这是哪里？"

女人说："这是光大会展中心。"

老太太说："那我知道了。"

接着又问："这是哪里？"

女人说:"这是光大会展中心。"

老太太说:"哦,光大会展中心,我知道的。"

看样子,老太太的老年痴呆症很严重。

紧接着,到了徐汇日月光中心,老太太接连着问了三遍,女人回答了三遍,一点也没有烦躁。到了漕溪路,老太太又问了两遍这是哪里,女人还是照旧回答了。

这个女人让人心生敬意,既有孝心,又有耐心。遇到这样的情况,大多数人都会不耐烦的吧?

还有一天,遇到了一个小年轻,跟同行的小伙伴说:"那个吕××,你知道不?他去广州、深圳玩,住在深圳亲戚家,跟他妈说办了香港通行证,后来偷偷把澳门的也给签注了,然后去赌场豪赌了一把,输了一万多。有钱真他妈好啊!你看我们,想赌都没钱赌,别说赢钱了,输钱都没机会!他爸给他买了小区里的房子,说要让他当婚房,他不要。他惦记着家里的老宅呢,老宅快拆迁了……"

这两个年轻人很好玩。如果乘客是一帮年轻人,无论是三个还是四个,不管是男还是女,都可能像打架子鼓一样,叮叮当当、叽叽喳喳、嘻嘻哈哈、噼里啪啦,捶打出美妙的火花来。

这天晚上,就遇到了四个年轻小伙子,其中一个全程无话,而另外三个人,一个是师傅,一个是徒弟,一个是媒人。

徒弟说:"这次我回来,本来还想跟你侄女谈谈呢,谁知道你把她介绍给了我师傅。"

媒人说:"你师傅的条件你也知道,有车有房,人还靠谱。再说了,我又不是没给你机会。你认识她三年,早他妈干吗去了?"

徒弟说:"她那时候不是小嘛!"

媒人说:"怪我咯?你自己不争气呀。"

徒弟唉声叹气起来。

师傅说:"我不是故意要和你抢,事情不是赶在这儿了吗……"

徒弟说:"没事没事,我又不是在怪你。不过话说回来,如果你俩相处得不合适了,我还可以和她谈……"

这句话让我一瞬间张大了耳朵。现在的年轻人真会玩,这一对师徒的友谊已经坚固到如此地步了吗?

后来,有一天凌晨,在夜店排队载客,遇到了三个小年轻,其中有一对情侣,还有一个衣着性感的女孩,金发、短裤,腿很长,很好看。他们要去另外一家夜店。

在车上聊天时,女孩对后座的两个人说:"男朋友?我没有男朋友的。我爸问我有没有,我也是说没有,因为现在确实没有。我爸说:'不管你有没有男朋友,在外边只能是玩玩,我是不可能让你结婚的。不要忘了你还有一个女儿……'"

也曾遇到三个女孩坐车,去一家KTV唱歌。两个先下楼上车。最后一个几分钟后到了,嘻嘻哈哈地说忘了穿一件衣服,在后座比划着,也犹豫着要不要再回去一趟,最后表示还是算了。后座的另一个女孩猜到了,说:"没事的,一会儿我们看着你,不让别人胡来。"

后来她们又说去KTV唱歌是为了给坐在副驾驶座位上的女孩庆祝生日,恰好前几天她刚跟男朋友分手。

忘穿衣服的女孩说:"你应该晚几天再分手,这样就能多一份生日礼物了!"

坐在副驾驶座位上的女孩说:"哼,一天也不想再多谈了。什么礼物不礼物,谁稀罕啊?"

最后的那个女孩说:"对啊对啊,旧的不去,新的不来。待会儿我给你唱首生日歌庆祝一下:生日快乐,祝你快乐,你可以找到更好的,生日快乐,祝你快乐,看透彻了心就会是晴朗的……"

是梁静茹《分手快乐》的曲调。几个人又放肆地笑了起来。

虽然我这个男性司机被视作空气,可是我一点也不在乎。

不仅在车上能无意间得到偷听的乐趣,在车外也是。

记得在一个明媚的午后,我把车停在路边休息。两个十几岁、初中生模样的小女生,骑着自行车从我身边掠过。正好听到一个女生问另外一个的话:"将来你结婚,是找个对你好的,还是找个有钱的?" ◆◆◆

风雨人世间

其实我更应该谢谢她,让我听到这么多,虽然结局不圆满,也没有激动人心的事件、峰回路转的情节,但是很真实,是很多恋人关系发展的缩影。更何况,还有车费赚。

有多少感情终结于琐碎的争吵?又有多少伴侣憔悴于俗事的操劳?盛大的事不是常态,原则性的问题更易做决定。如果有足够多的耐心对付好这一生的琐事,用足够多的理解与相爱的人长相厮守,也许就是大成功呢。

江桥批发市场

又遇到台风过境，第二天的风终于缓和了一点。晚上十点，在华江路近虹桥的位置，一位四十多岁的男人坐上了车。

"去江桥批发市场。"他说。

江桥批发市场是上海最大的蔬菜类批发市场，占全市蔬菜批发三分之二的份额，每日大小货车熙来攘往，好不热闹。十几分钟后，车子在曹安公路市东路掉头后，江桥批发市场就到了。

这时候的市场，马上就要跨入繁忙的时段，从夜里一直到次日上午，都会吵吵闹闹、车来车往。蔬菜从四面八方向这里汇集，化整为零，再去往市内的大小超市、菜市场、蔬菜店，进入饭店、食堂、各家各户，最终抵达人们温暖的肠胃。

这位大哥并没下车，只是往那边望几眼，然后说："前面路口再掉头，往丰庄那边开。"

我按照要求，驶进左转道，等红灯熄灭，绿灯亮起。

外环以内,江桥批发市场这一片属于嘉定区。往东的丰庄,就是普陀的地界了。

"变了,变了,这里变化太大了。"大哥喃喃地说,"我有十多年没来这里了。"

我问:"怎么,您以前在这边做生意吗?"

他沉默了一下,然后说:"对啊,十多年前在这里赔过不少钱,一百三十万。"

看来这位大哥是有故事的人!

我说:"那确实没少赔,以前物价低,一百三十万能顶现在的——七八百万了吧?"

大哥淡淡地说:"抵不了那么多,不过也差不远了。"

看上去,他很落寞。

我问:"以前的生意挺难做的?"

他说:"也不难做,应该说比现在还好做一些吧。我是被合伙人坑了,我的亲表弟。"

话匣子打开了,大哥说起了他的故事。

大哥是山东人,很年轻的时候就出来闯荡了。在外做生意的,都是老乡带老乡。那时候江桥批发市场启用没几年,正是高速增长的时期。很多山东人都在市场里租铺面,做批发生意。小打小闹地尝到甜头后,大哥筹集了一百多万,打算带着表弟到省外收购蔬菜,然后回江桥市场往外批发。那一段时间生意比较忙,但大哥的老婆临盆在即,他再忙也得回家照应。于是,他把钱全部交由表弟,就回了老家。大哥喜得一女,第一次当爸爸自然很高兴,但是因为惦记着生意,在家只待了三天,就匆匆赶了回来。然而,他回来之后却彻底懵了——表弟不见了,消失得无影无踪。钱,当然也没了。

我问:"卷着钱跑了吗?那太过分了。"

他说:"什么啊,他是赌博,把钱全输光了。"

我说:"啊,难怪。一个嗜赌的人,会拖累一大家子的。"

他说:"我在家待了三天,早早地赶回来,就是怕表弟这边出事,我知道他赌钱。但偏偏就是因为这个赌,他坑了自己,连带着把我也给害了。你想一下,本来是要挣钱,却把本钱都折腾没了!无本难求利,一下子这么多债务压下来,当时我太作难了,想死的心都有了。"

这一百多万,绝大部分都是向别人借的。很快,有的债主听到消息,跑到大哥家里逼债,甚至有人想做出伤害大哥家人的疯狂举动。大哥又急又气,指着那些人的鼻子说:"我还没有死,借的钱会一分不少、连本带息地还给你们。但谁要是敢动我的家人,我跟你们拼命!"

天无绝人之路,后来,大哥遇到了生命中的贵人,一个房地产行业的小老板。贵人有资源,承包了某地产公司的一些工程。他让大哥回老家招募工人过来干活,给予抽成，使大哥逐渐站稳了脚步。仅仅用三年多的时间，大哥就把欠的债全部还清了。后来的这些年，大哥成了贵人的合伙人，一个招揽工程，另一个协调管理，双方合作得很默契。到今年为止，大哥已经购置了三套住宅，虹桥一套，苏州一套，宁波一套。

"在虹桥这边做了这么多年的项目，江桥市场就这么近，可我一直没回来看过。"他说。

这么多年过去了，想必他对当年的事仍然是耿耿于怀的。几乎每个人都会遇到特别难挨的关头，是自甘堕落，还是咬牙坚持？幸运的是，在人生最重要的关卡，他挺过来了，如今过上了不错甚至更好一些的生活。

车辆拐进金沙江南路。大哥看着车窗外的万千灯火，说："变了，变化太大了，不认识了。以前丰庄这里哪有这么多小区？都还是农村，路边的房子全都是低矮的民房。"

在真南路掉头后，大哥说："还回我原来上车的地方吧。"

后来他表弟怎么样呢？回来的路上，大哥提到了："还能怎样？屡教不改，还是赌、赌、赌！老婆跟他离婚了，孩子也不理他，谁见他都躲着。混得人不像人，鬼不像鬼。"

那次变故，冷嘲热讽、看笑话的有，落井下石、翻旧账的也有，大哥看尽了人情冷暖、世态炎凉。他说他现在尽量保持低调。帮助过他的，他真心回报。每年过年也给家族年纪大的老人买礼品、送红包。别人问他的车多少钱买的，他笑笑说不知道，是开别人的。别人问他买房子没，他说就只有一套小房子。

如人饮水，冷暖自知。尽管高调舒爽过瘾，就像王朔说的"什么是成功？不就是赚点钱，让傻逼们知道么"，但低调也是一种不错的选择。

后来我得到消息，江桥批发市场在2019年年底就要关闭了。如果这位大哥不抓紧时间"故地重游"的话，就没有机会再看一眼这个蔬菜市场了。

不久后的一天夜里，我又遇到一位男乘客，上海崇明人，三十多岁。他在车上跟我聊了起来："我哥就是开出租车的，干了两年。我也喜欢开车。哪天失业了，我也开出租去，自由！"

我问："那你这会儿在做什么行业？"

他说自己在餐饮行业，负责采购，每天从上午十点忙到次日凌晨，月薪能拿到一万八。

"不过，"他说，"挣的钞票，我都给败光了，去年败了二十万！没办法，我好赌！"

上海人提到钱，一般都说钞票。对于他赌掉这么多钞票这件事，我只能龇着牙表示："啧啧！"

"兄弟你说,我怎么就改不了呢?人常说十赌九输,我是十赌十输!但是我就是忍不住,不管输了多少,还是回去赌,一点也控制不了自己。你说,我怎么就改不了呢?"

是啊,他怎么就改不了呢?那位大哥的表弟,也肯定有过这样的困惑,但是渐渐地就不想了,该吃就吃,该喝也喝,该赌还赌,在惯性的作用下走向黑灯瞎火、荒芜颓败的未来。

八旬老人

一天晚上,在一家医院附近,三位老人上了车,两位老先生和一位老太太。

听他们说话的口音有点不太一样,具体哪里不一样,一时间我也说不上来。后来,他们说到"计程车"的时候,我突然明白了,这是台湾人的说法。

下车前,其中一位老先生说:"小伙子,我看你开车挺稳的,后天早上你能不能载我到浦东机场?"

我答应了他,互相留了手机号码,约定好时间去接他,不用进小区,到门口即可。

那天我起了个大早,提前一刻钟到达,然后七八分钟后给老先生打了电话。过了一小会儿,他就出现了,另外两位老人过来送他。

我仔细打量了他。这是很儒雅的一位老人,年龄应该超过八十了,有点瘦,但是很精神。

出发后,他突然问:"李先生是郑州人吗?"

被叫作"李先生",我是有点不习惯的,毕竟我一直被称为"师傅"或者"驾驶员"。我说："不，我老家是南阳的，不过我在郑州待过。"

老先生说："前天看到你号码的归属地，我就很惊讶。我们是老乡哎，我老家在河南洛阳的孟津县。"

我也很惊讶："啊！那可真巧。"

老先生很激动："老乡见老乡，两眼泪汪汪，这感觉实在是太亲切了！"

我说："洛阳我去过很多次的，不过孟津县倒是没去。您这是要回台湾吗？"

他点头称是。

后来了解到，老先生这次到上海，是来看望同学病重的母亲，一位一百零六岁的老寿星。同学老两口因为女儿早年来上海发展，也从台湾跟着过来，在上海定居了。老先生这次过来，待了一个星期，要回台北了。

一句一句地聊起来，老先生的经历让我感慨万千。他生在一个战乱的时代。抗战时期父亲被日本人抓走，不知所踪。后来十岁的他跟着母亲和哥哥逃难出来。走到郑州的时候，日本已经投降了，解放战争开始。城里物资短缺，没吃的，人们只好吃榆树皮，后来把榆树皮也吃得精光——当时在城里只要看到没有皮的树，一定是榆树。但人总得吃东西，怎么办？只好脱掉裤子、光着屁股，到城外挖野菜充饥。

老先生说:"光着屁股,露着鸡鸡,一看就是小孩子,不会被误认成当兵的抓起来。国民党那时候没少抓壮丁,连五六十岁的老头和十多岁的孩子都没放过。"

他跟哥哥那时候年纪小,尚不能分辨军队的善与恶、正与邪。一打仗,他们就感觉天塌了,军队之间的交火令他们非常害怕。母亲出不了城,劝他们到安全的地方去。后来他跟着哥哥逃了出去,衣衫褴褛地走过很多地方,辗转到了上海,最后阴差阳错地被赶到船上,流落到台湾。兄弟俩自从与母亲在郑州分别后,就再没有相见过。如今的他也已经白发苍苍。

战乱时期,人都是蜉蝣,被时代的命运裹挟着,远离了家园,荒芜了青春,不见了亲人……经历了这些之后,也许把悲喜都看得淡了。活着,就是最大的意义。

我们几乎聊了一路。老先生也问了很多我的情况,并且说下次有机会来上海,再给我打电话,让我接送。我满口答应。

到浦东机场后,车费是一百八十块。老先生递给我两张百元大钞,说:"别找了,去吃个早点!"

后来,虽然没有再接到这位老人的用车电话,可我也没有忘记他。

握不住的沙

某个星期六的晚上,在赤峰路附近,一个女孩扬招叫车。

上车后,她坐在了副驾驶的位置。

"去哪里?"我问。

她愣了一下,过了两三秒钟,说:"师傅,前面上内环,在内环上兜一圈。"

在内环上兜一圈?我有些不明白她的意思。她可能是想兜风吧?在上海这个地方,有什么想法都不奇怪。于是我问:"往哪个方向?"

"杨浦大桥方向。"她说。

我看到,她的眉间有一丝忧郁。

车子很快就上了匝道,进入内环高架路。我不再想为什么要兜一圈的问题,专心开车。内环一圈下来四十八公里,是不短的长度。从这一点上来说,我对这个活儿还是比较满意的。内环高架路上基本上没有红绿灯,开起来比较省力。如果时间赶得巧,车辆较少的话,在上面开车就像抚摸绸缎一样滑顺、美妙。

已经晚上九点多了,城市里灯火依旧辉煌,车流也算不上拥挤,车子很快便驶入了杨浦大桥。我偷看女孩一眼,她正望着窗外发呆。

二十五岁?二十八岁?我看不出她的年纪。这个世界跟以前不一样了,可能二十二岁和三十五岁的样子差不多,三十岁和四十八岁看起来也很接近。

越过浦东的万千灯火,汽车驶入了南浦大桥,往东北隐约能看到杨浦大桥的索塔,往西南望去卢浦大桥几乎尽收眼底。

过了桥,车子顺着螺旋形状的路面快速地下降。此时我感觉一辆辆汽车像是深海里滑溜溜的鱼。

我问女孩:"一直顺着内环走吗?"

女孩说:"嗯。"

我继续走在最外侧的车道。

女孩突然轻声问:"师傅,你知道下了桥,转到内环线上之前的这两圈有多长吗?"

"这个还真难不住我,大概接近一公里。"

"不对,是一千一百米。"

"你知道得这么清楚?"

"以前我跟男朋友经常开车走这里,不止测量过一次,无聊嘛。"

"哦？"

她纠正道："不对，是我和我前男友。"

"看来是刚刚分手了。"

"分手好久了，有两年了吧。"

过了一会儿，她问："你愿意听一听我们的故事吧？"

有钱赚，还有故事听，我当然乐意啊。但我同时能预料到这可能是个悲伤的故事，毕竟是前男友了。我说："你讲吧，我听。"

沉默了一下，她说："我来上海有十年了，换了两份工作，兜兜转转，进了我前男友所在的公司。我们不在同一个部门，上班的时候没说过几句话，但是后来一块学车，接触得就多起来了。慢慢的，就开始两情相悦。他是个非常阳光的人，说话还比较风趣。我呢，也算开朗可爱吧。反正大家就是气味相投，慢慢在一起，分不开了。我们一块练车、考试，一块拿到驾驶证。

"那年我生日，跟同事们去吃饭、唱歌，当然，还有他。聚会结束后，他送我回家。走着走着，他突然变出来一束鲜花，向我表白了。我当然很欣喜，也知道早晚有一天他会向我表白。其实我更向往的，是在很多人面前，他大声地说他喜欢我，想跟我在一起。但那时这是不可能的，因为我们公司明确规定禁止办公室恋情。

"我们商量着接下来该怎么办，是我辞职，还是他跳槽?他在公司三四年了,我来了才七八个月,显然他留下更合适一些。但他执意要我继续待下去,说这个公司氛围好,人都不错,也能学到真本事。两个月后,他去了另外一家公司,我们的地下恋情才得以公开,出现在阳光下。

"过了一年多,他买了一辆二手车,我们也住在一起了,都不用再挤地铁了。两家公司离得不远,他天天送我上下班。我们像小夫妻一样,买菜,做饭,偶尔去影院看看电影,过得别提多开心了。他跟我一样,不喜欢宅在家里。到了周末,我们就开车就近转转,在上海周边都玩得差不多了。我们都特别喜欢江南水乡,去了附近的很多古镇打卡,包括上海的枫泾、朱家角,长三角的古镇,什么乌镇、西塘、甪直、南浔、同里……对了,还有周庄,我们都去了,有的还不止一次地去。宏村和西递,是跟别人一块包车去的。除了逛,就是吃,我们都喜欢吃辣,还什么都要尝尝。遇到什么好吃的菜啦、汤啦,就研究一下,然后回家自己做,有时候能做到口味比较接近的。慢慢的,他变胖了,我还是这样,他说我是在养猪……"

说着说着,她嘻嘻哈哈笑了起来。

听着她开心的笑声,突然感觉好像认识他们很久了似的。

我说:"你们真有意思。然后,猪——出栏了?"

她扑哧一下又笑了。

这时候已经过了沪太路,即将过南北高架。她说:"待会儿转逸仙高架,再转中环,中环上转一圈,转南北高架到临汾路。"

我还担心听不完她的故事,这下没有顾虑了。

她继续说:"然后……在上海以及周边逛得差不多了。那段日子别提多快活了!酒吧、夜店什么的,我们从来不去,时不时去看个展览,看过两三次演唱会。没什么玩但也不想待在家的时候,我们就到超市买东西,买完了之后看场电影。然后还不想回去,怎么办?就'扫'一遍街再回去。我们'扫街'的意思就是开车瞎溜达。有时候不想走地面,就上内环高架转一圈。中环全线贯通后,有时候也沿着中环转一圈。我也有驾照,但大部分时间是他在开。我喜欢坐在副驾驶座上,看窗外的风景。虽然我心里知道自己可能永远买不起上海的房子,但是在高架路上这么兜圈,听着喜欢的音乐,看着车辆熙来攘往,看着无数的灯火明明灭灭,身边有陪伴的人,感觉特别踏实。很多次我都希望车能一直开下去,直到永远……"她沉默了。

等了一会儿,我以为她会接着讲下去,但是她没有。

好奇心使我决定打破沉默。我问:"后来呢?"

她淡淡地说:"后来就分手了。"

"不是挺好的吗?为什么分手?他家里不同意?还是你家里不同意?"

"都不是。"

我继续追问："他出轨了？"

"也不是。"

过了半分钟，她又喃喃地说："我也没有移情别恋。"

我感觉没法再问下去了。

这时候，车子已经转入逸仙高架路，没多久就进了中环。一段下坡后，车辆穿越邯郸路地道，再上坡，道路又变成了高架路。五角广场环绕中环的巨型钢铁装饰架，依然闪烁着灯光。

我听到了女孩小声啜泣的声音，不知道如何是好。那就沉默吧。

哭声渐渐地大了起来。我把纸巾递给女孩。

等到进入军工路隧道，风声逐渐变大，渐渐掩盖住了哭声。

出了隧道后，她慢慢地止住了眼泪，用沙哑的声音问我："师傅，你说，人跟人相处就那么难吗？"

"唉。"我叹了一口气，"不是有首歌里说过吗？相爱总是简单，相处太难。"

过了一会儿，她说："没有任何外因，我们的温暖巢穴是从内部溃败的。争吵，我们开始争吵。两个人的默契仿佛突然间没有了。争吵也不是为了什么大不了的事情，都是小事，可是像中了魔一般，我们开始互不相让。吵过之后,我们应该都感到后悔,最起码我是后悔的,但是丝毫不耽误下次再吵。"

"以前的耐心哪里去了?以前的好心情哪里去了?以前的相互包容哪里去了?我们的自尊心都太强了吗?他有出差任务,回来后通常会好很多。可是过不了多久,又被那种怪圈吸了进去,相处变成了相互折磨。我不知道这一切是怎么发生的。两个人也曾谈过话,可时间久了又成了无用功。"

"后来,我妈妈生病住院。他跟我一块到武汉,忙了几天,就回上海了,我继续留在武汉照顾妈妈。这一段时间倒是很好,他的关心很到位。在医院里我也想了很多,能遇到他这样各方面合辙的非常难得,这么多年的感情也使我留恋,我有什么理由放弃?"

"回上海后,我们仿佛真的又回到了从前。那时候的我不知道,裂缝一旦产生,只会越来越大,时间能熬过所有不足的耐心。两个月后,又是那样的针锋相对,那样的争吵、眼泪。个别时候他会让步,个别时候我会选择沉默。可是,真的没有办法了。我们都太累了。

"几个月后,他搬出去了。而我,没有挽留。就这样,两个人不欢而散,形同陌路。是我们没有坚持住,还是我们根本就不合适?以前的默契都是假象?我很迷惑。又过了几个月,他有了新的女朋友。我明白,我不可能再拥有他了。"

突然间很安静，除了窗外呼啸的风声。

她问："你们男人都这样没心没肺吗？这么容易就找好下一个？"

我笑了，淡淡地说："也不能这样说，有人分手第二天就有了新对象，有人一辈子都不再想谈了。看个人吧，不分什么男女。"

她说："后来，我花了一年时间，终于走出来了。"

"人生很长，也别太挂念过去了，朝前看吧。还顺着中环一直走吗？"

"不直行了，转弯，走卢浦大桥、南北高架。中环西边都是地道，也没什么好看的。"

"好。这样还省不少钱。"

到临汾路之前，她一直没有说话，只是呆呆地望着窗外。

快十一点了，车辆依旧很多，不疾不徐地往前滑动。

女孩突然问："你不会笑话我吧？"

"不会的。"我不由自主地摇摇头，突然想到一句话，但显然用在这里不合适。于是我变通了一下，说，"谁还没有一两把握不住的沙？"

在彭浦新村下车之前，她说："后来一个高中同学联系了我，两个人聊得不错。前些天我回武汉，我们见了一面，好上了。分别的时候，他说要来上海看我，我没让他来。我辞了工作，明天回武汉。说实话，武汉也挺好的。"

"嗯，武汉确实很好！"我用肯定的口吻说，实际上我还没去过武汉。

车费四百一十七块，我收了她四百元整。下车后，她笑着跟我挥手再见："谢谢你，一路上听我唠唠叨叨。"

其实我更应该谢谢她，让我听到这么多，虽然结局不圆满，也没有激动人心的事件、峰回路转的情节，但是很真实，是很多恋人关系发展的缩影。更何况，还有车费赚。

有多少感情终结于琐碎的争吵？又有多少伴侣憔悴于俗事的操劳？盛大的事不是常态，原则性的问题更易做决定。如果有足够多的耐心对付好这一生的琐事，用足够多的理解与相爱的人长相厮守，也许就是大成功呢。

惊险解救

一天上午,我送一位乘客到上海大学宝山校区的西门。这边已经有些偏僻,只能回头,往市区的方向走。运气好的话,路上也能遇到乘客。

俗话说,爱笑的人运气都比较好。谁能想到,我这种不苟言笑的人也会遇到幸事。在一个加油站入口处,两个中年人把车拦下,要去嘉善县。他们说:"去那边接一个人再回来。"

嘉善县属于浙江嘉兴,跟上海接壤,来回怎么说也接近二百公里,还不用空驶。对于出租车司机来说,这绝对是非常美妙的一单。

两个人的穿着打扮,只能说很一般,也不像是做生意的,为什么会跑这么老远接一个人再回来?我带着这样的疑问上路了。

其实,答案就隐藏在他们的对话里。

两个中年男人一胖一瘦,看起来都五十岁上下。他们要去接一个叫"振江"的人。

瘦男人说:"我们还是太大意了。振江需要钱做投资,我就给他了。过了一两年,发现不对劲,才明白过来。你姐也没少给他打电话,又是哄,又是劝,让他早点回来,把好话都说尽了。他还是跟犟驴一样,两年没着家,过年都不回来……他又不是笨的人,肯定知道在里面不会有啥前途,是怕回来被人笑话?"

胖男人说:"这次说啥也要把他捞出来,摁也得摁到车上。面子重要?前途都没有了,要什么面子!"

瘦男人说:"就怕他一时激动,跳车啥的,做出啥过激的事情来。"

胖男人说:"到时候小心点,先给他哄上车嘛。"

我好像已经猜到了一些,胖男人应该是瘦男人的小舅子,到嘉善估计是去解救深陷传销里的年轻人。

很快,我的猜测就得到了证实。

两个人沉默了一会儿。胖男人对我说:"师傅,到嘉善后,估计你还要等一下。到时候我们给你加钱好啦。"

我说:"不用特意加钱的,等的时候计价器会按时间计价。"

胖男人叹了口气说:"今天是去接我外甥。这小子被传销的骗进去了,钱让坑了不少不说,这一年多的时间不也被白白耽误了吗?干点什么不好?"

我安慰说:"一年多,应该也明白过来了。只要醒悟了,以后会慢慢振作起来的,也不用过分担心啦!我一个表弟,刚从传销窝里出来的时候,话都不愿意说,都有点自闭了。后来一点一点缓过来,现在结了婚,开了个小饭馆,日子过得也蛮好的。"

后来了解到,他们是安徽阜阳人。瘦男人聊起儿子,感觉很心痛,用他的话说,"这孩子以前挺靠谱的,不知道怎么就受骗了"。其实,再聪明的人,也有被忽悠的时候,越是想挣钱,越容易陷入泥潭。胖男人以跑货运为生,正好这一趟跑到上海,瘦男人就赶紧坐火车过来了。两人准备实施这些天一直在商量的计划,一块去把孩子"捞"出来。

他们计划,把人"捞"出来以后,胖男人带振江跑运输,两个人搭班。振江有A1、A2的驾驶本,以前也开过半年车。到时候给振江开高一点的工资(估计挣钱多点在老家会更有面子),差额由瘦男人暗中补贴给胖男人。等一年半载熟悉业务流程以后,就让振江买车单干,父子两人搭班。瘦男人不会开车,负责辅助儿子,让他体会当家作主、把握自己命运的感觉。

我觉得他们的想法有可行性。当然第一步是最难的,那就是把振江给解救出来。那边愿不愿意放人?他愿不愿意回来?想到这里,我竟然有点期待接下来的故事发展了。

按照他们说的地址，我开车七拐八拐地到了一个小区门口。这个路段不太偏僻，也不算热闹。道路两旁半大不小的樟树郁郁葱葱，一些饭馆和其他各类商铺在树影的掩映中，充满了烟火气息。

瘦男人打电话："我跟你舅舅到小区门口了，用不用进去？嗯，嗯……那好，我们就在门口等你。"

瘦男人挂了电话，两个人对视了一眼。

胖男人对我说："待会儿，我外甥一旦上车，我们一左一右，让他坐中间，你就马上把车门锁起来，把车窗也锁好。"

我说："不用太紧张，后边坐一个人就行，左边的车门从里面是打不开的。"

后座的瘦男人试了一下，说："确实打不开。待会儿可能有人跟他一块，到时候得想个办法把那人支开。"

等了十多分钟，两个人有些着急了。胖男人示意瘦男人再打电话，瘦男人说："先别打了，再等几分钟吧。"

又过十多分钟，振江终于出现了。果然，不止他一个人。跟他一块出来的，还有一个三十岁左右、戴眼镜的男人，个子不算高。两个人都穿着西服，打着领带。振江高高瘦瘦的，看上去有点疲惫。

"这是我们部长，林部长。"振江说。

他们寒暄了几句。胖男人笑着说："小子，你瘦了，看来这边饭菜不对胃口啊。"

振江笑笑，没说什么。

胖男人指着我的车说，说："走吧，上车吧。我们刚才选了个饭店，没多远。"

振江看看车，迟疑了一下，说："你们打车过来的？"他又看看林部长，说："不用坐车了，附近都是饭店。林部长听说你们来，很高兴，说要表示一下心意。"

林部长说："对对，我都安排好了，就在对面。"

胖男人说："那好，就去对面吃。不过先说好了，这个客我请。"

林部长连忙摆手拒绝，一派欢乐和谐的样子。

这时候，瘦男人走到我车门前，说："小兄弟，你跟我们一块去吃吧。"

我说我自己吃，他也没有勉强，说："要不这样，我先把车费一部分付给你。快四百了是吧？先给你四百。还有这一百，你去吃饭。今天辛苦你了。"

我赶忙推辞，但在他的坚持下，我只好收了后面的一百块钱。交换了手机号码后，瘦男人小声地对我说："麻烦你不要走远，吃饭麻利点。待会儿我给你打电话，你把车开到门口去。今天全靠你了，谢谢你。"

被委以重任，我是有些忐忑的。看他们进了斜对面的饭店后，我赶紧把车停好，就近找个小店，吃了份快餐，然后回到车上等待。

半个多小时后,我接到了瘦男人的电话。他让我把车开到饭店门口,我照做了。

不一会儿,除林部长外的三个人一边说着话,一边从饭店走了出来。瘦男人打开后车门,拿出一瓶水,喝了一口,说:"先上车吧,我们在车上等林部长。"

振江说:"先等他出来吧!"

胖男人说:"西塘,你去过几次了?"

振江笑笑说:"一次也没去过呢。"

胖男人说:"不是吧?来这么久了。我去看看你们林部长。上个厕所怎么这么慢?"

过了两分钟,胖男人打着电话,走出来了。他对振江说:"我敲了敲门。林部长说,他拉肚子,西塘不去了,让咱们自己去。"

振江纳闷地说:"不去了?我给他打个电话。"

他正要打电话,胖男人赶紧说:"走,先上车。"然后连推带搡地让他上了车。

瘦男人坐在副驾驶座,小声地说:"师傅,咱们走吧!"

我挂挡,加油起步。车子风驰电掣地往前行驶。

这时振江说:"林部长也不接电话,不知道怎么回事。"

胖男人说:"我们不去西塘了。我的车停在一个加油站,刚才接到电话,加油站那边检查呢,得赶紧回去挪车。"

振江反应过来,愤怒地说:"你们把林部长怎么了?让我下车!这车门怎么打不开?"

瘦男人说:"吃饭的时候,你不是说我们的安排挺好吗?"

振江说:"是说了,可我也没答应啊!不行,我得回去!"

他去摁车窗,当然也是徒劳。我提前就把车窗锁上了。

"你们根本就不是来看我的!"他愤怒地捶打着车窗,"我报警了!"

"你报啊!"胖男人吼了一句,"你自己干的什么好事,你自己清楚。报警啊!给你电话,报警啊!你也不想想,你敢报警吗?"

振江不吭声了,用胳膊肘击打了两下车窗。我有点心疼我的车,但这个当口,敲两下就敲两下吧。

胖男人说:"你明知道是个火坑,还直直跳进去。我和你爸不弄你出来,你要待到什么时候?说啊!正是挣钱的年纪,你在里面给人家送钱!"

振江突然说:"那我身份证还在公司啊!得回去拿身

份证！还有很多东西都在那儿呢！"

瘦男人说："回去你还能出得来？身份证可以补办。"

振江说："他们又不限制人身自由！"

胖男人说："不限制人身自由，为什么你出来都有人跟着？还不是怕你人跑了，钱也跟着跑了？"

振江不说话了。

瘦男人说："醒醒吧，孩子！你妈妈在家成天哭，为你担惊受怕，晚上也睡不着。她怕你吃不好，怕你挨打，她……"

振江说："我又没挨打！"

过了一会儿，他又说："出来两三年，钱也没挣到，回家丢死人了！"

胖男人说："你还知道丢人？你爸妈在家不丢人？你爸你妈那么辛苦，都是为了谁？你花了万把块钱，学了车，开了半年就跑了，嫌不赚钱。你姨家老表跟你同样的起点，现在每个月挣一万多！你看你，两年了，你给家里拿过一分钱？不但没拿到钱，还把你爸辛辛苦苦攒的钱也给骗进去了！挣不到钱不丢人，扔了钱还不承认做错了才丢人！"

几个人沉默了一会儿。胖男人又说："算了，谁没走过弯路？这两年的事回家后可以只字不提。你还年轻，只要想干，很快就能翻身。路都给你铺好了。你自己想清楚,是回家努力干呢,还是再跳进火坑里,爬不出来?火坑到处都是,你要跳,我们也没法拦你。"

振江嘟囔着说:"我都两年没摸过车了。"

胖男人说:"好开得很!既然学了车,不能白扔钱,把这活儿干下去!虽然也辛苦,可这挣的是实实在在的钱,看得见,摸得着,不是画的大饼!不是吹到天上的牛!"

时间好像过得很慢,又好像过得很快,没过多久,就到了那个加油站。

近二百公里的路程,加上等待的时间,车费一共是八百八十多块,加上在嘉善县付的,他们非要给我一千块。推辞没用后,我接受了,毕竟帮他们完成了一件大事,他们高兴花这份钱。

我很担心下车后振江会跑掉,但是他并没有,也许还会有内心的挣扎,还会有面对自己的尴尬,可是他应该慢慢跟过去的自己和解。

后来查看资料,我发现就像豆腐脑都有甜、咸的南北之分一样,传销也有南北之别:南派传销不限制人身自由,住高档一点的小区,主要靠金钱诱惑,善于运用精神控制;北派传销则有些彪悍,进去如同坐牢,睡通铺,过"苦日子",不听话就会挨打,还有受害者曾经死在传销组织里。不过无论南北,只要你进去了,传销组织都会不断地摧毁你的个人意志，扰乱你的社会关系，榨干你的油水，所谓敲骨吸髓，置之死地而不生。

　　这么看来，振江遭遇的，应该是相对温柔一些的南派传销。我还有个疑问，只是没法得到答案了，那就是胖男人是怎么搞定那个戴眼镜的林部长的？是在卫生间里把他打晕了，还是把他绑起来并把他的嘴巴塞上了？按照胖男人和林部长的悬殊体型来看，做到这些应该不难。但是怎样能在嘈杂的饭馆成功地实施而不被人发现呢？◆◆◆

孩子们

坐副驾驶座的另一个胖子笑出了声。

胖子说:"你看坐前面那个哥哥,不抽烟,不喝酒,到现在女朋友都没混上!"

男孩说:"那是因为他丑!"

副驾驶的胖子马上收回了笑容。车厢里顿时充满了快活的空气。

胖子笑着说:"你小子,以后说话不能这么直白啊。你看那哥哥都快哭了。"

副驾驶的胖子说:"其实你在他心里也很丑,他给你面子不说而已。"

胖子说:"主要是我丑得恰到好处,丑得很自然,不引人注意。"

胖子与小男孩

郊区的一个小镇,两个胖小伙打车送一个小男孩去上学。小男孩大概十岁。

上车前,一个胖子对男孩说:"待会儿我们在学校附近玩,等放学后再接你回家。"

男孩说:"好。"

这个胖子和男孩坐在了后座,另外一个胖子坐副驾驶座。

通过对话,得知坐在后座的胖子是小男孩姐姐的男朋友。

这个胖子逗男孩:"你说你是不是爷们儿?"

男孩说:"我当然是爷们儿。"

胖子说:"那你今晚和我喝点儿酒。"

男孩说:"可以喝一杯鸡尾酒。"

胖子说:"喝什么鸡尾酒?你跟我喝白酒。"

男孩说:"白酒我才不喝,你教小孩学坏!"

胖子问:"喝白酒怎么是教小孩学坏呢?"

男孩说:"你就是教小孩学坏!"

胖子说:"我喝一杯白酒,你喝一杯白酒,这样公公平平。是爷们儿就得喝白酒。"

男孩说:"哼!你喝一杯白酒,我喝一杯果啤,还差不多。"

胖子问:"那我喝三杯白酒,你喝一杯白酒,行不?"

男孩说:"我才不喝!"

胖子问:"那你是爷们儿不?"

男孩说:"我不是爷们儿。"

胖子说:"你不是爷们儿,那你就是娘们儿了?哈哈,我这还是跟你姐学的套路。"

男孩说:"我不是爷们儿,也不是娘们儿。我就是一小学生。"

胖子说:"学会喝酒,以后才好找女朋友。"

男孩说:"屁啦,现在女孩都喜欢不抽烟、不喝酒的!"

胖子说:"你看我又抽烟,又喝酒,你姐就那么喜欢我。"

男孩说:"那是我姐觉得你还有药可救!"

坐副驾驶座的另一个胖子笑出了声。

胖子说:"你看坐前面那个哥哥,不抽烟,不喝酒,到现在女朋友都没混上!"

男孩说:"那是因为他丑!"

副驾驶的胖子马上收回了笑容。车厢里顿时充满了快活的空气。

胖子笑着说:"你小子,以后说话不能这么直白啊。你看那哥哥都快哭了。"

副驾驶的胖子说:"其实你在他心里也很丑,他给你面子不说而已。"

胖子说:"主要是我丑得恰到好处,丑得很自然,不引人注意。"

然后问小男孩:"你是不是很帅?"

男孩斩钉截铁地说:"是!"

胖子继续快速问:"你是不是很帅?"

男孩说:"是!"

胖子问:"你是不是很帅?"

男孩说:"是!"

胖子问:"你是不是很丑?"

男孩说:"是!"

两个胖子都哈哈笑了起来。

男孩说:"你……再来!"

胖子问:"你是不是很帅?"

男孩说:"是!"

胖子问:"你是不是很帅?"

男孩说:"是!"

胖子问:"你是不是很帅?"

男孩说:"是!"

胖子问:"你是不是很帅?"

男孩说:"是!"

胖子问:"你是不是很丑?"

男孩说:"不是!"

胖子说:"这次反应倒挺快。"

男孩说:"上过一次当,肯定不会有第二次了。"

马上到学校了。

胖子说:"在学校谁欺负你了,就和我说。前面那哥哥练过,很能打的,一个打十个都不是问题!"

小男孩下车后,两个胖子要求就近找个网吧。

我说:"有人的地方就有江湖,有学校的地方就有网吧,不难找的。"

在地图上一搜,果然二百多米外就有一家网吧。

坐在后座的胖子对坐在副驾驶座的胖子说:"现在的小孩子我真是服了!"

副驾驶的胖子说:"你才让我服了,小屁孩你都能跟他聊到一块!"

独自打车的孩子

那天,天还没黑的时候,在世纪大道某个公交站,我看到一个小女孩。她四五岁的样子,独自在等公交车。

为什么我知道她是独自一个人?因为公交车站台上就只有她自个儿。她戴着耳机,双手插在裤兜里,目视前方,相当淡定。有这样气魄的小孩真的不多见。当然,她的家长更有气魄。

除了那女孩的自立能力强外,也许上海比较好的治安就是家长的底气吧。除了公安系统的守护,在上海的主城区,甚至郊区,不管白天或晚上,都有社区综合管理的人员定点守卫、来回走动。他们骑着电动车,或结伴同行,或独自巡逻。很多小区里晚上也有人巡逻,要么是社区雇员,要么是小区保安。治安这一块,在走过的城市里,我感觉上海是最好的。这是一笔庞大的开支,不过上海有强大的财政支撑——通俗点说,这城市,有的是钱。

较好的治安环境,给了大人允许小孩独自出行的信心。在上海,放学后独自步行回家、坐公交车的小孩很多,独自打车的初中生甚至小学生都有。这在某些小地方是不可想象的。

有天下午,一个小学高年级模样的小女孩从公交站打车,路上特别堵。到了目的地,她给我一把零钱,二十多块,还差九块。小女孩很有礼貌地说:"叔叔,你等我两分钟。我去找我妈妈拿钱,马上给你送过来。"

我想了一下,说:"几块钱而已,就算了吧。你也不用来回跑了。"

她非常有礼貌地道谢,但是坚持要把差额补足给我。

我说:"真的不用。这里不方便停车,可能会被摄像头拍下来。"

"那这样吧,我记一下您的微信,回头让我妈妈转给您。"

后来,拗不过她的坚持,我把微信号告诉她,她拿笔记了下来。没多久,我就收到添加好友的信息,是小女孩的妈妈。她发给我红包后,一个劲儿地道谢。

还遇到过一个小女孩,六七岁的样子。一位老人把她从小区门口送上车,交代我把她送到真如老街的一家店门口,店里会有人出来接。老人说了门牌号,在手机地图上能查到准确位置。

出发后,小女孩说:"哎呀,我外婆真啰唆。我都告诉过她,我一个人能打上车了。她还非要送我。"

"你这么厉害？告诉我你家的店在哪里？"

"太简单了，这难不倒我！在兰溪路×××号！我爸爸、妈妈、爷爷、奶奶、外公、外婆的手机号码，我都记得清清楚楚，一个数字也不差。我们老师的手机号码，我也记得！"

"厉害厉害！你几岁了？"

"六岁半！打出租车我也会打，看车顶显示屏！虽然那些字我都不认识，但是如果字是绿色的，就是空车，就可以打；如果是红色的或者不显示字，就表示坐不了或者车里有人，就不用考虑了。叔叔你看，那辆车就没显示，车里果然有人吧！"

我瞄了那辆出租车一眼，她说得确实对。仔细一想，还真是这么回事：空车都显示"待运"两个绿色的字，乘客上车打表后不显示任何字，"电调"和"停运"则是红色的字——连汉字还不认识的小孩子，能靠自己的观察，用文字颜色来分辨车辆状态，这观察力和分析力简直不能再强了，一瞬间让我这个成年人都深深折服。

没过多久，就到了兰溪路那家小店门口。刚停下车，小女孩的妈妈就迎出来了，很漂亮的一个女人，付了车费，微笑着道谢，挥手再见。有个这么聪明可爱的女儿，她每天的心情都很好吧？

黑童谣

也遇到过一群孩子结伴打车的。

那是在张江,几个小朋友兴奋地朝我扬手,清一色的小男孩。上车后,他们说要去一家烤肉店,店的信息是他们在大众点评上搜索到的。这家烤肉店在不远处的花木,大概九公里,不过对于小孩子的活动范围来说,够远了吧?

车上,几个孩子嘻嘻哈哈地逗笑。我问他们:"你们几年级了?"

前排的小胖墩儿说:"小学刚毕业,等着上初中呢。"

那么,这就是毕业聚餐了。但是我突然发现,后排坐了四个人,也就是说,超员了。怎么办呢?我头疼起来,也不能把他们赶下车去啊!好在路程不远,开慢一点,侥幸一下吧。

但我也得让他们知道这件事情,于是对他们说:"刚发现你们是五个人,这次就算了。以后五个人打车,记得要打两辆。不然被警察逮到了,要罚钱的。"

小胖墩儿说:"啊,不是吧?要罚多少?"

我说:"应该是二百吧!"

小胖墩儿对小伙伴们说:"你们还有多少钱?"

然后统计了一番,说还罚得起。我一听,乐了:"就算是被逮到,也不能让你们出罚款啊。"

小胖墩儿开玩笑说:"待会儿停车,把张士宁扔下去得了!这样就不用被罚了。"

叫张士宁的男孩也不甘示弱,说:"把体重最大的扔下去!"

小胖墩儿说:"我去!"

有人说三个女人在一起,叽叽呱呱的效果跟五百只鸭子差不多。今天我才知道,几个兴奋的小男孩凑到一块,至少是一千只鸭子的效果。

几个孩子除了吃饭,显然还有别的目的。小胖墩儿对小伙伴们说:"我专门在大众点评上找的这家饭店,因为离得近的,就他们家有Wi-Fi,而且能充电!"

听明白了吧?肯定是要玩游戏。于是小伙伴们商量玩到几点,然后又合计吃完饭后剩下的钱够不够打车回去。他们身上的钱每人几十到一百多不等,合计来合计去,虽然差不多也够了,但再多一点不是更好吗?他们开始怂恿一个男孩,让他打电话给妈妈再转一些钱过来。七嘴八舌的,一个说就讲打车钱不够,被司机锁在车里不让走;另一个说就讲被饭店关小黑屋了,让刷盘子、洗碗……

电话打通了,几个出主意的人憋不住哧哧直笑。

男孩说:"妈妈,我们去梅花路吃烤肉,钱不太够……"

电话那头的声音问:"梅花路?怎么跑那么远?"

男孩撒谎说:"张士宁去吃过,说很好吃。我们算了一下,钱不太够,怕到时候老板不让走,留我们在店里刷盘子……"

另外的几个男孩已经扑哧扑哧笑成一团,声音很大,盖过了撒谎男孩没有底气的说话声。电话那头的妈妈估计听不大明白,所以,最后他们并没有成功把钱"骗"到手。

后来,从他们口中听到一首"黑童谣":抓住命根,扭转乾坤,连根拔起,断子绝孙……

还有更污的、更少儿不宜的,但是这些少儿们,说起来一点也不觉得不宜。这让我这个多吃了二十年多年米饭的人乐得直笑。

童言无忌

暑假的时候,送了几个乘客到一所大学的某一幢楼前。

在这个校园停车一个小时内免费,我正好可以歇一会儿。我泊了车,下来溜达了十几分钟。刚下过雨,校园里很安静,只有极个别的学生孤单地出没。

我又想到今天带了洗好的葡萄,要么就在这里把它们逐一消灭?大丈夫一不做二不休,说干就干。我把葡萄从车里拿出来,找了个石凳坐下,把塑料袋放在石桌上。

"嗨!"很突兀的一声。一个孩子朝我走来,坐在我旁边。

一分钟后,见我没理他,他便把脑袋扁在桌面上,仰头问我:"有烟嘞?"

我看了他一眼:"有啊。"

我继续不理他。

他又问:"有烟嘞?"

我问他:"你多大了?"

他没说话，只是用手指在桌面上画了一个数字。

我问："十六岁？"

他点点头。我笑了，因为他看样子顶多十一二岁。

他继续不断地问我要烟："叔叔，有烟嘞？给根烟。"

"有烟嘞？给根烟。"

"有烟嘞？给根烟。"

我烦了，瞪了他一眼："走开！有也不会给你。"

他默默地站起来，准备走，却抬头看见一个在三楼窗口晾衣服的女学生。

"摔下来喽！"他笑着叫道，然后悻悻地走了。

这个没教养的孩子令人讨厌，败坏了我难得休息一会儿的兴致。不过非常有意思的是，后来我遇到了王冬子。

另一个孩子溜达到我身边，对一只蜘蛛产生了兴趣，用小树棍玩了很久，然后坐到我身边来。

我问他："你怎么一个人在玩？为什么不叫上其他小朋友？"

他大模大样地装出鄙夷的神情："他们都是傻逼，一个人玩才好呢。"

哈哈，这孩子。

然后他介绍说他叫王冬子，是教师的儿子，上小学二年级，出来玩是因为没有暑假作业。

我问："为什么你没有暑假作业？"

他拍拍胸脯说:"我得了一百分,所以就没有。"

这孩子还真挺狂的。他说自己的成绩是如何如何的好,英语又是怎样怎样的棒,还背出一段文章来。可是他越说越离谱,说自己在班级里厉害无比,一呼百应,还曾经在一个月黑风高之夜率领四十个同班同学,把二十个高中二年级的哥哥姐姐们打得头破血流。我装作很惊讶的样子,竖起大拇指,可还是忍不住笑起来。他继续讲述他的"英雄"事迹,说得有声有色,并且伴随着手舞足蹈。他说自己手拿铁管,而高二学生的武器只是木棍,还强调自己站在最前面,仰头挺胸地向高二的老大挑衅。

我指一指塑料袋里的葡萄,示意他吃。他也毫不客气,吃得葡萄汁液上下乱飞。他边吃边说,说到双方火并之前,他找地方埋伏,躲在他们老大背后——我打断他,问:"你不是老大么?"

他连忙改口说:"记错了,是躲在我们老二的背后。"

我简直笑翻了。

我问他:"你是不是武打电影看多了?"

他嗤之以鼻:"那些玩意儿我从来不看。"

接近一个小时了,我站起身,告诉他我得走了。

他问:"你明天还会不会来这里?"

我回答说不会了,他便流露出很失望的样子。

我对他说:"王冬子,你长大后,要么做演员,要么做演讲家，记住了吗？"

后来，我又接到三个乘客：人小鬼大的五六岁小女孩、妈妈、奶奶或者外婆。

小女孩一路上叽叽喳喳。突然，她对另外两个大人说："你们要尊敬我，知道吗？"

奶奶或外婆问："为什么啊？"

小女孩一本正经地说："因为我是长辈，你们都是小孩儿！"

奶奶或外婆乐了："尊重谁啊？"

小女孩说："尊重我呀。"

奶奶或外婆说："没听见，为什么呀？要尊重谁啊？"

小女孩说："哎呀，要尊重我呀，长辈！"

这样的小朋友简直太可爱了！

还遇到过一对母子打车。小男孩大概七八岁。

女人说："刚才好像你们班的×××给咱们打招呼了！"

小男孩兴奋地问："在哪儿？在哪儿？"

女人说："就在前面那辆特斯拉里。"

小男孩问："他们家的车不是劳斯莱斯吗？"

女人说："人家不止一辆车的……"

在路口，那辆车在等红灯，我从另一条车道驶过去。于是，两辆车并排停在停止线前。这时，特斯拉的窗户玻璃降下来了。

小男孩对那辆车上的小女孩说:"我们家车坏了,修去了!"

女人说:"这些不用跟人家说的。"

小女孩问:"你去上什么班?"

小男孩说:"我去上英语,你呢?"

小女孩说:"我去上奥数。"

绿灯亮了,特斯拉左转,我直行,他们挥手再见。

小男孩说:"妈妈,我们班范江涛反应有点慢,还老是生病。他们说他之所以会这样,是因为他是剖宫产出生的,对不对?"

女人说:"不一定哦,不过剖宫产的孩子的抵抗力可能不太好——只是有可能而已。"

小男孩问:"我出生的时候是挤出来的,对不对?"

女人被问憷了,赶紧纠正说:"什么挤出来的,那叫生出来的……"

我乐得都快笑出声了,使劲掐自己大腿,才把笑憋回去。

为什么我是个快乐的出租车司机?因为每送一拨乘客,都可能会有附带的福利,遇上有意思的人或事,尤其是乘客里面有孩子的时候。

起跑线

商场门口,一个女人带着一个男孩上了车。女人对男孩说:"你先闭上眼睛,睡一睡。待会回家后,老师一来,你就不能休息了。"

小男孩说:"回家后我要先画画,可就怕画着画着睡着了。"

女人开玩笑说:"那可以用牙签把眼皮支起来呀!"

小男孩听了嘻嘻直笑,可能觉得这个说法十分新鲜,夸张地说:"那不行,那样就瞎了!"

后来,小男孩同意在车上睡一会儿,让女人下车的时候叫他,要轻轻地拍醒他,否则会疼。但是一分钟后,小男孩又不睡了,打开了话匣子,说有时候自己会打自己。那次在干妈家打自己,干妈看到后制止他,他就更使劲地抽了自己一下。

女人说:"你傻了吗?以后不能自己打自己了!"

小男孩又说有时候他会把头卡在缝隙里。女人说:"啊哟!你啊,就是电视看多了,脑子'瓦特'掉了!以后不能看那么多电视了,电视里都是假的!"

小男孩问:"那钢铁侠、蜘蛛侠也是假的吗?"

女人回答:"当然了!"

小男孩又问:"那神盾局、复仇者联盟都是假的吗?"

女人回答:"假的,都是假的!"

小男孩继续问:"那玩具总动员也是假的吗?"

女人又回答道:"那都是编出来哄你们玩的……"

我好像听到了一颗童心破碎的声音,这种声音听起来非常残忍。

后来,小男孩说他想当美国队长。"不,中国队长。"他又补充说。

男孩又聊到去新加坡、韩国度假的事情。女人给男孩纠正细节:"那次是你妈妈带你去的。"

没多久就到达了目的地,小男孩的家,在一个安静幽雅、绿植繁茂的别墅区。

虽然越来越便捷的交通工具、越来越快的手机网络让各地的距离拉近了,但是农村跟城市、小城市跟大城市之间的差异,还是不可同日而语。就像小时候的我无法想象"阳台"是什么样子,觉得应该是窗台的另外一种叫法,如今小地方的孩子接触的事物,也跟大城市的孩子的差别不小。尤其是在教科书外学习的东西,见识的各种情景,很大程度上决定了孩子以后的发展。

为什么人们即使挤破头,也要努力留在北上广深?因为在一线城市,不仅能实现自己的最大价值,也能让下一代的起跑线更靠前一点。二线、三线城市,四五六线城市,小乡镇,农村,偏远农村……越往后,起跑线离目的地越远。

有一天,一个小女孩和她妈妈一起乘车。她问:"妈妈,你说这个世界上有农民吗?"

妈妈说:"当然有啊!没有农民,我们吃什么?粮食、蔬菜都是农民伯伯种出来的。"

小女孩又问:"那农民伯伯都过得好吗?他们穿的和我们一样吗?吃的和我们一样吗?他们也住楼房吗?也跟我们家一样,有汽车吗?"

小女孩好样的,对农民的衣食住行都很关心。

妈妈说:"是啊,我们有的,他们也都有,跟我们差不多。你怎么突然问起这个来了?"

小女孩说:"我们班上×××的父母就是农民,她说很多衣服他们家都买不起……"

妈妈说:"也有比较穷的农民,也有生活好的农民,就像上海人也有穷的,也有富的……"

让我印象更深刻的是另外一个乘车的小女孩,十岁左右。她跟她爸爸说:"我还是忘不了那辆黄金跑车。"

爸爸说:"哎呀,你就别再惦记了。那车开出去跑一圈,就要磨损掉很多克的黄金。就是有个样子而已,不实用。"

后来我在网上查了一下,那可是全球最贵的跑车,价值28.5亿元人民币。我只能说,这个小女孩太厉害了,关注的东西真的太高端。

还有个三四岁的小女孩,在车上全程跟她妈妈用英语对话。她妈妈说汉语,她讲英语,那口英语流利得让人惊叹不已。

不久以后,我又遇到一对年轻乘客用地道的英语对话一路的情景,心想这就是那些孩子长大后的样子吧。有意思的是,另外一对乘客,他们应该是情侣,从七宝上车。途中,两个人因为一件事产生争执——可能也不算争执,一直都是女孩在质问,男孩在负责解释。

女孩声音洪亮,男孩轻声细语。起因是男孩一直没接听某个人的"夺命连环call",而是不断挂掉对方打过来的电话。女孩问男孩为什么不接听电话,男孩说没必要接听。女孩说这样不礼貌,接听一下没什么大不了的。质问了一番后,女孩开始发表对这件事的看法,说着说着竟然飘起了英语。能够听得出来,她的英语口音相当纯正。男孩没有说英语,但绝对也有同样的能力。两个人应该都有留学经历。

有几句话,女孩用英语说一遍,又用汉语复述一遍，两种语言无缝对接，异常美妙。而男孩显然对这种"AK-47加双节棍"的交替攻击毫无招架之力。

用英语吵架，既洋气，又过瘾，洋洋洒洒，气势十足，顿时让我觉得以前没有学好英语简直是天大的错误，一瞬间有一种想去报英语补习班学习学习的冲动。

我仿佛看到我的人生有了一条新的起跑线。◆◆◆

好女孩，好男孩

过了两分钟，这个年轻人问："师傅，能抽烟不？"

我自己不抽烟，不过一般情况下也并不反对乘客抽烟，但那天我有点感冒，于是委婉地说："最好不抽，不然有烟味儿，后面的人会有意见。"

他惊讶地问："啊，后面还有人？"然后赶紧回头看。他当然不会看到什么。

我忍住笑，说："你理解错了，不是后面的人，是下面的人。"意思是指他之后的乘客、接下来的乘客。这么说了以后，我很希望看到他惊恐地低头看脚下，但是他没有。

好女孩

有一天接近中午的时候，在北渔路，一个女孩拦住了我的车。她浓妆艳抹，穿着时尚，已经快入冬了，还露着光溜溜的大腿。据说，这是时下很流行的"下装消失"穿法，相当节省布料，为环保做出了极为突出的"贡献"。

她坐上副驾驶的位置，我问她去哪里。她摇头晃脑想了半天，又用食指点着空气，仿佛自言自语："点兵点将，骑马打仗……嗯，去环球港！"

出发之后，她又说："我好久没有看到阳光，好久没有在白天醒过来了。"

我大概猜到了这个时髦女孩的职业。

我一般也是在夜里遇到她们。

就像这一晚，深夜的KTV门外，两个穿短裙的年轻女孩扬招坐车。

上车后，两个女孩一个比一个嗓门大。

"师傅，先去达安春之声花园。"

"不，先去中环一号。"

"先去达安春之声花园!"

"先去中环一号!我酒喝多了,快憋不住了!"

"我也是!先去达安春之声花园!"

两个兴奋过度的女孩互不相让。

我说:"到底先去哪里?你们商量好。"

两人还是相持不下。中环一号女孩说:"你看哪个近,就先去哪个吧!"

巧的是,导航后得知这里距离两个地方分别都是接近三公里。我也够实诚,说:"都差不多,你们赶紧商量。"

最后,中环一号女孩妥协了。我们启程前往达安春之声花园。

两个人在车上聊起工作的事情,说喝了多少多少酒,客人怎么怎么样,等等。听得出来,两人都在KTV上班,是陪客人喝酒唱歌的。达安春之声女孩说话更夸张,一路上一直在催,大喊憋不住了,让我开快一点。

"你怎么不走啊,师傅?我要回去尿尿!"在车子等红灯的时候,她说。

"红灯!怎么走?我不可能闯红灯吧?"我无可奈何地说。

"我要尿尿,师傅,我要尿尿……"她哼唧着。

开车久了,不管多奇葩的乘客都会遇到,说话这么直接的年轻女孩让我禁不住乐了起来。我说:"那你尿吧。"

达安春之声女孩愣了一下,说:"那不行。"

我说:"按照常例,吐车上二百块,尿车上嘛……得两千。"

其实后半句是我编的,一般并不会遇到这样的情况。因为喝醉或晕车吐车上的倒是偶尔会遇到,所以才有了业界的"常例"。

达安春之声女孩说:"那不行,那不行,你们太黑了。"

中环一号女孩咯咯笑了起来。

达安春之声女孩突然转变了话题,抱怨道:"我觉得我老公不爱我了。虽然他还给我钱花,但是他不爱我了。"

女孩如此年轻,她口里的老公应该是她男朋友。

中环一号女孩说:"爱不爱的,你管那么多干吗?给你钱花不就好了?"

达安春之声女孩说:"也是哦。"

后来中环一号女孩要抽烟,可是包里的烟抽完了,问我有没有。我说我没有。

没几分钟,就到了达安春之声花园。要尿尿的女孩下车后飞奔而去,想抽烟的女孩去便利店买烟。

中环一号女孩上车后,我说:"你这个朋友喝了酒,说话真有意思啊。"

她说:"她就那样,二百五、傻白甜,喝酒不喝酒都一个样。"

后来,我又在另外的场子外载到类似的女孩,更加大大咧咧、咋咋呼呼。也是两个,一个穿着格子短裙,另一个穿着短裤。

出发没走多远,短裤女孩说:"师傅!你别看我们俩喝多了,就给我们绕路啊,走武宁路过转盘到曹安公路……"

我淡淡地说:"就是走的这个路线。我为什么要给你们绕路呀?"

格子短裙女孩说:"每次我们回去,车费都是五十块钱左右。有一次一个司机绕到了七十多块,我直接报警了。你要是绕路,我也报警……"

我笑着说:"今天肯定不用麻烦你们的警察叔叔。"

两个女孩要抽烟,问我有没有烟。我说:"没有。打火机也没有。"

格子短裙女孩问:"你不抽烟吗?"

"戒了!"我说,"干吗要抽烟?不划算。你想,老子辛辛苦苦赚钱买了一包,结果别人免费就可以抽到二手烟,凭什么呀?多划不来,是不?所以,后来我戒了!"

两个女孩哈哈大笑,笑得有点夸张。其中一个捶了我肩膀两下。

短裤女孩从包里找到了烟,说:"师傅,用点烟器帮我们点一下烟呗。"

我说:"点烟器也没有。"

格子短裙女孩说:"肯定有的,车上都有。"

"没有,真的没有。"其实好像是有的,只是我记不清楚放在哪里了。"忍忍吧!再有十分钟就到了。"

短裤女孩说:"这是你说的啊!现在是一点四十,一点五十之前你到不了,我不付你车费。"

我当然知道她是开玩笑的,于是说:"要是我十分钟之内送到了,你是不是要付我双倍车费?"

短裤女孩说:"我敢付,你敢接吗?"

我说:"有什么不敢的?"

格子短裙女孩说:"那你敢跟我们一块进小区,一块上楼吗?"

我说:"我才不去。"

格子短裙女孩说:"为什么?怕我们吃了你不成?"

我说:"不太方便。"

格子短裙女孩说:"有什么不方便的,不会是来大姨妈了吧?哈哈哈……"

两个女孩笑成一团。

哪能让她们这么嚣张?于是我说:"不是你们想的那种不方便,我不方便是我戒了!"

两个女孩问:"戒什么了?"

我笑着说:"戒女人了!"

短裤女孩咯咯笑了起来,说:"有戒烟、戒酒的,你连女人都戒。作为男人,活着还有意思吗?"

我悠悠地说:"也不是常年戒,我又没出家是吧?我就是今天想起来,才决定临时戒一下的。"

短裤女孩说:"你……"

哦耶!在耍嘴皮子这件事上,我又扳回一城。

后来,受不了她们的软磨硬泡,我还是停下车,找到点烟器,让她们抽上了烟,我也抽上了免费的二手烟。

下车的时候,短裤女孩说:"师傅,希望明天晚上还能坐你的车。"

这样的愿望基本上实现不了,从业至今,我只载过两个回头客,都是深夜在常去的写字楼前守株待兔遇到的。其中一个是女孩,第二次载到她时,她说了地址,是外环外的一个小区。我本想说"以前送过你",但话到嘴边时收住了,因为考虑到半夜三更的,怕这么说可能会引起她多想。而眼前这个短裤女孩,充其量只是随口一说而已。我便也客气道:"好嘞!看缘分吧。"

车费四十,格子短裙女孩扫码付钱,还价说三十五怎么样。我说:"四十是四十,十四是十四,四十就四十,十四肯定不行,三十五吧……也不行。"

格子短裙女孩说:"是你说的哦,十四。"

我说:"别这样嘛,四十就是四十,我车开这么好。"

格子短裙女孩嘴里念叨着就十四,但我收到车费,还是四十。

这些女孩,有的高冷沉默,一上车就玩手机,有的大大咧咧、打打闹闹。我觉得她们都很可爱,虽然她们文身、抽烟、喝酒、说脏话、半夜甚至凌晨才回家,还调戏出租车司机,但我知道,她们是好女孩。

突然的爱情

我曾载过一对女孩,听到一个对另外一个说:"那个傻×又打我了。"

另一个女孩愤愤不平地说:"还是戴眼镜的那个?妈的,怎么老打人啊!"

被打的女孩委屈地说:"我们正在陪客户吃饭,我又没给他摆臭脸。他喝酒,喝着喝着就打我,先是甩了我一巴掌,然后使劲儿拽我头发。"

另一个女孩安慰她:"太他妈变态了!没本事的男人才喜欢打人,我们成受气包了?下次坚决不伺候他!"

说实话,我有些同情这些打工人。但是,什么工作不受委屈呢?在门店里营业的,工厂里上班的,办公室里坐格子间的,总归要跟人打交道,都会有各种各样的劳累,各种各样的委屈。我们开出租车的时不时还遇到拎不清的乘客呢!有的人傲慢又自大,还有的人脑子一根筋,你完全跟他掰扯不清。

也曾在半夜遇到一位乘客,是个职业司机。白天他的老板自己开车,晚上老板应酬时他才上阵。他的老板是一家电子设备厂的董事长,厂里有七百多个员工,一年的工资都得五千多万,规模应该说不小了。可是一路上,司机小哥都在叹气:"这工作干得太没尊严了!"

我问他怎么回事,他说:"老板五六十的人了,也不知道哪儿来的精力,几乎每天晚上都要喝酒唱歌。不喝酒的时候吧,他还不错,对人挺好,说话也和气;喝了酒,就天王老子老大,他老二,逮着人就骂,骂起来就没完没了。"

唉声叹气了一会儿,他又说:"有时候想不干了,可是老板没喝酒的时候确实还不错。"

我的心里也感叹不已。如果是我,也许早就撂挑子了。有些当老板的,是不是就喜欢拿着别人的尊严,在地上不断摩擦?给人打工,不受一点委屈是不可能的,可是受委屈多了,总有放弃的一天。

即使知道委屈难免,该反抗的时候也要反抗。

后来,我就遇到了一个不愿受委屈、奋起反抗的女孩。

深夜,五角场某酒吧门口,一个年轻女孩气呼呼地上车,用力关上副驾驶的门。说完目的地后,她似乎厌倦地哭了两声,特别烦躁,没有眼泪的那种。

还没出发,跟在她身后、酒吧侍应装扮的男孩也上车了，坐在后座。

我刚想说"已经有乘客了"，女孩扭头朝后座问道："你干吗？"

男孩轻声反问："你把客人的酒都给掀了，你知道吗？"

女孩淡然地说："我知道啊，我赔。"

女孩说话似乎有点新疆口音，可能是个新疆女孩。我没看清楚她的样子。

我不得不插嘴问道："那还走不走？"

男孩说："先往前走吧。"

我挂挡起步，向前出发，驶入单行道。

女孩说："你要跟着我回家吗？我家里没地方睡，你只能睡地板。"

男孩轻声说："不是说好不闹了吗？你怎么又把客人的酒掀了？"

女孩说："你管我啊？"

男孩说："那一桌子酒，也得不少钱。"

女孩说："那又怎么样？掀了就掀了呗，我承认啊！我赔。"

男孩说："我帮你赔了。"

女孩说："不要你赔！现在去我家，我上楼拿钱，我赔。我打电话问问多少钱。"

女孩开始打电话:"喂,今天我弄翻的酒多少钱啊?你为什么不说话?"

男孩说:"你记我号码倒是记得挺清楚啊。"

我才反应过来,女孩原来打的是男孩的电话。

女孩笑了,对着手机说:"你倒是说啊,多少钱?"进了小区,我在指定的位置停下车。男孩说:"你先把车费给付了啊。算了,我来吧。"

女孩说:"不让你付,我自己来。"

她扫码付钱,用新疆口音对我说:"他是陌生人,有可能是坏人,不能让陌生人付钱。"

他们下车后,我不小心往窗外瞥了一眼,看到两个人紧紧地抱在一起。

作为上世纪出生的人,我是不是年纪有点大了?这些事我不是很懂——难道就是传说中的"突然的爱情"?

这种感觉很美妙,让人不禁感慨:年轻真好!

好男孩

一个喝了酒的年轻人,上车后坐在副驾驶的位置,他说要去国定路的一家娱乐会所。

过了两分钟,这个年轻人问:"师傅,能抽烟不?"

我自己不抽烟,不过一般情况下也并不反对乘客抽烟,但那天我有点感冒,于是委婉地说:"最好不抽,不然有烟味儿,后面的人会有意见。"

他惊讶地问:"啊,后面还有人?"然后赶紧回头看。他当然不会看到什么。

我忍住笑,说:"你理解错了,不是后面的人,是下面的人。"意思是指他之后的乘客、接下来的乘客。这么说了以后,我很希望看到他惊恐地低头看脚下,但是他没有。

到了目的地后,他刚下车,两个乘客就坐上来了,是从那家娱乐会所里出来的一对年轻男女。女孩穿超短裤,容颜姣美,身材突出。男孩长得很精致,俊美无比,而且装扮得很有一套,看起来他应该是在娱乐会所里工作,陪客人喝酒的。对于从事这种职业的,上海人的说法比较清新,一般称女的为"女孩子",不叫"公主";称男的为"男模"或"男孩子",很少叫"少爷"。很显然,这个少年偶像般精致的年轻男人,是个"男孩子"。

女孩坐副驾驶的位置,男孩坐后排。有时候,坐的位置决定了谁是金主,谁付车费。女孩和男孩商量着一起去一个安静的场所,最好是可以边听音乐、边喝酒聊天的地方。后来,男孩建议去浦东的一家酒吧。

于是,我就开车上了中环高架路,往浦东的方向开。

女孩说:"没想到你真陪我喝到了最后,真是太够意思了!"

男孩说:"既然话说出来了,肯定要做到!只要不喝到满嘴开花,我会一直喝下去的……"

"满嘴开花",这是我听过对"呕吐"这个词最优美的表达了。

女孩问:"刚才下电梯之前,那个服务生跟你说了什么?"

男孩说:"也没说什么。"

女孩说:"他肯定以为我们俩出来开房了!"

男孩说:"开什么房啊?我都没带身份证。"

女孩说:"我也没带身份证。你说现在的人怎么这么污啊……"

顿了一下,女孩又说:"今天一块来的那个人是我同事的老婆。我同事问,你怎么带她来那种地方?我就服了,什么叫'那种地方'?不就是夜总会吗?不就是娱乐的地方吗?不过也奇怪哦,这地方不但有'女孩子',还有'男孩子'。你说怎么会有'男孩子'呢?真是太有意思啦。"

这时候,这个"男孩子"正在忙着通过微信沟通浦东那家酒吧的事情。

在"男孩子"确认了那家酒吧暂时没有营业之后,女孩说:"那就去外滩散散步,吹吹风吧!"

于是我从周家嘴路出口下了中环高架路,开往外滩的方向。

途中,女孩问男孩:"你住在哪里?"

男孩说:"离我们上车的地方不远。"

女孩说:"要不我们去你家,叫点外卖,再继续喝酒?"

然后她转头问我:"对了,师傅,你知不知道上海哪里有绿化比较好的度假区?"

我说:"这个嘛,崇明岛树多啊,度假酒店肯定也是有不少的。"

女孩估计没听说过,问道:"那是在哪里?"

男孩抢着说:"别去别去,太远了。大几十公里呢!"

女孩说："那还是去外滩吹风吧。"

这时候,一个跟女孩相熟的男人打电话过来,应该是娱乐会所的领班,说她还有四百多块的酒钱未付,还有小费没有给。

女孩说："你先垫了呗,随后我转账给你。"

挂了电话,女孩对男孩说："你跟他熟吧?你没跟他说什么吧!"

男孩说："什么也没说啊。"

女孩说了一句"你悄悄地别说话",然后跟那个应该是领班的男人开了视频通话,说:"还有没付的酒钱,你给请了呗!"

对方说："可以啊,请你没问题,不过小费你得自己给……"

两个人扯了一会儿皮。对方说："说了不让你叫'男模',你非要叫'男模',还叫两个。"

女孩说："我想叫就叫啊!怎么,你有意见?"

对方说："是啊,我不开心。"

女孩问："你有什么不开心的?"

对方说："我就是不开心。"

两人又扯了一会儿皮。男人说："前一天晚上,另外一个'男模',你根本不用给他小费的。"

女孩说："我自己的钱,我愿意给就给!虽说就见了他一面,他也没陪我,可我相中他了。第一次到这种场合,就遇见一个我看上的。我这人就这样,我开心,别说四百的小费,就是一千、两千,我也愿意给。你为什么那么大意见?但是吧,今天夜里,我又过来,他跟我喝了一杯酒后就要走。我问他是不是要去陪别人?他说是的。我说:'那你走吧。'我喜欢,但也不强求。既然这样的话,我肯定一分钱也不会给他了……"

挂了电话后,女孩把胳膊伸到后边,对男孩说:"你手机给我看一下。你是不是微信上跟他说什么了?"

男孩矢口否认,但也没给她看手机。

女孩说:"你别给我耍什么心眼啊!我很讨厌这样的。"

沉默了半分钟后,男孩说:"我好困啊。"

女孩说:"你是不是在套路我?你的小费,我会直接转给你。你家在哪里?我现在送你回去。"

男孩说:"没有没有,不用不用。"

女孩说:"那我们还回原来的地方吧。师傅,回我们上车的地方。"

到了路口,我又掉转车头,往回行驶。

过了一会儿,女孩问:"小费转到你微信了,你怎么不收?"

男孩假装打着哈欠,说:"我好困啊,好困。"

女孩再次说起另外一个"男孩子",说和他有眼缘,她第一次去那种场合,就遇见一个喜欢的。看来,她真的对那人念念不忘。可是她的念念不忘,却没有回响。

男孩似乎听不下去了,说道:"我直接跟你讲吧,在场子里,说'我喜欢你'的意思,就是'我想睡你',明白吧?"

女孩说:"什么睡不睡的?你想多了。我这个人,不管到哪里,不管什么时候,有的是男人围着我转。来这种地方,我要的就是开心,钱对我来说就是小问题。那个男孩子,我真是觉得喜欢。你也知道,人很难遇上一眼看上去就喜欢得不得了的。你也挺好的,很仗义。我把你当成小弟弟一样。"

男孩惊讶地问:"弟弟?"

女孩说:"嗯,对啊。"

男孩又问:"难道我长得不好看吗?"

他这样问,就像姚明问难道我个子不高吗、大象问难道我鼻子不长吗、上海问难道我不繁华吗一样。可是很明显,女孩对这个男孩没有太大的兴趣。女孩说:"这哪儿跟哪儿啊!我还想喝酒,你还能喝么?"

然后她给应该是领班的那男人打电话说:"我现在回去,账我来结,你再帮我要四瓶君度酒。"

我好像听到男孩叹息了一声。

就像一些人生的旅途，转了一圈，车子又回到了原点，计价器上显示车费八十元。女孩嫌扫码付款太麻烦，直接从钱包里掂出了一张百元现金，递给我说："不用找了。"

她付钱的样子真是太好看了。◆◆◆

达人秀

后面的气氛有些诡异,他不再说话,我呢,一边琢磨着他这些话的真实性,一边又期待着它是真的,因为那确实够浪漫——几十公里的内环路走向,居然隐藏着一个小小的私心。

下车前,他说:"我们最后一次通电话是在三年前。"

然后,他用很快的语速说了一段英语,接着说:"这段话是她挂电话之前跟我讲的,翻译过来就是:一生一世是有穷尽的,我对你的思念是无穷尽的。你瞧,她也想着我呢。"

白发王者

一天上午,在世纪大道附近,我用约车软件接了一单,是从一个小区到另外一个小区的。

我把车停在小区门口,看见一个老头骑着儿童滑板车试探着往前走,手里好像还提着一个什么东西,身后跟着一个两三岁的小女孩,构成了一幅很迷人也很迷惑人的画面。我正准备打电话给乘客时,老头走过来了——准确地说是滑过来了,还一边滑一边回头对小女孩说:"快点,我们的车来啦!"

这老爷子六十岁左右,打扮得有些时髦,戴着小耳环,不长的头发一丝不苟地往后梳着,应该是打了发胶,一看就是老上海人,也可以称之为"老克勒"。

坐上车后,小女孩马上眼泪汪汪的。老头开始哄她,声音很粗犷,但语气万分温柔:"好啦,不哭啦,你看你的小乌龟,回家要给它多洗洗澡……我跟你讲,你好好听话,下个月外公带你去海滩玩。咱们住上几天,可以游泳、坐游轮,好不好?"

小女孩还是哭,老头从手机上找出以前游玩的照片给小女孩看,哭声逐渐隐消。过了不大一会儿,小女孩又开始哭,老头说:"哎呀,你看你这个眼泪,太不值钱了……"

男儿有泪不轻弹,小女孩眼泪不值钱。我这么想着,不禁自己乐了起来,说:"现在小孩子太难哄了哈!"

老头说:"是啊!我带了她几天,要送她回去,不乐意,就哭,不想走呀!"

我本以为老爷子不会带小孩,搞不定自己的外孙女,想不到原来是太会带孩子了,外孙女舍不得他。用现在流行的话说,以为是个青铜,没想到是个王者!

后来又遇到一个带娃的老头,带着的是一个三岁多的小男孩。他们上车后,我问他去哪里,老人说:"去惠民路'西嗨路'交叉口。"

我有点懵,老头是外地人,口音实在太浓了。惠民路我勉强听得出来,但这个"西嗨路"在哪里?我再问,老人还是同样的回答。我用语音功能在手机地图上查了,也查不出来。

我说:"那你告诉我,你要去的是什么小区?"

他说:"不是去小区,是带孙子去找儿子。我儿子在那边开理发店,我去过一两次,就是惠民路'西嗨路'呀。"

其实惠民路我也不熟，导航上显示它在杨浦区。于是我就顺着惠民路扒拉，没有跟"西嗨"读音接近的路，不过也没关系，先开到那里，顺着惠民路走就对了。

路上，我跟老头闲聊，老头说他是安徽黄山人。我说："黄山好地方啊！黄山市我去过，黄山没爬过。"

老头说："下次去一定要爬爬，风景很好。"

老头的儿子跟人合伙，开了几家理发店。有了孙子后，因为老伴还在上班，老头退休了，就过来帮忙带孙子。

结果，到了惠民路的一端，我又懵了。惠民路是单行道，行车方向跟我们走的方向正好是相反的。我只好停下车，跟老头商量："要不你给你儿子打电话，问一下具体的位置？免得绕路，耽误时间。"

他把手机递给我，说："你找一下'赵百贵'，打过去问就行了。"

老头让我打，那我就打吧。点开老头手机里的通讯录，里面的联系人跟他的头发一样寥寥无几，其中有一个"赵不贵"，肯定就是他了。我打过去，说明情况，听到对方说是"惠民路齐齐哈尔路"……

齐齐哈尔路——"西嗨"路……我去，我早该想到的！大爷，有口音没什么，咱说话能不能不要把四个字连着念成两个字啊！严谨一点，连着快速念出来，也应该是

"七嗨"路啊!

就像北斗星蓦然出现,重重迷雾瞬间散去,迷茫的我终于找到了方向,平坦的路清晰地出现在眼前。我们重新欢快地出发了。

我对老头说:"你儿子名字挺好的啊,赵不贵,赵百贵。"

他说:"对啊,我儿子叫赵百贵,我儿媳叫×××……"

只能说,老先生太实诚了!他儿子的名字取得这么有趣,应该跟某些地方的旧传统有关——名字取得越"贱"越好养活,所以以前叫狗剩、铁蛋、石墩儿什么的比较多。而老头的儿子的名字,不贵,不贵,直接就是"贱"名。巧的是,用当地话说,别人听来反而是"赵百贵"。

到了路口,赵不贵已经在路边等着了,是个挺清秀的小伙子。他跟所有理发师一样,打扮得颇为时尚,也许叫"赵托尼"更合适。

边缘人物

一天晚上,我遇到一个地下赌场的马仔,带着他的女朋友从徐汇前往杨浦。

他们两人上车后就开始聊天,聊的是马仔的老板。马仔一句一个"尼玛",很是愤愤不平。他吐槽老板养了一帮闲人,每天老板、老板娘做饭,做好饭后就高声喊"兄弟们,吃饭啦",而这帮人都是十足的饭桶。

马仔说:"你说说,哪有老板、老板娘自己做饭的?随便雇一个人做饭也行啊!混到这种地步,每天做好饭了,像喂猪一样,敲一敲食盆,聚过来一帮饭桶。"

我搭话道:"你太有才了,说得真形象!"

马仔说:"哈哈,是吧?你不知道那画面有多搞笑!"

于是,我愉快地加入聊天。

在聊天中得知,他老板的地下赌场都不大,但不止一个,狡兔三窟嘛。马仔说,有一次他被抓了,老板一开始竟然不舍得花钱"捞"他,但又知道不"捞"他的后果,所以后来还是忍痛出钱给他办了取保候审。最后他被判了有期徒刑一年，缓刑一年。然而，尽管如今刑期已经结束，但他却已经留了案底，处处受限，付出了惨痛的代价。

他还有一次跟警察面对面打交道的经历。他们这些帮地下赌场老板做事的马仔，被警察盯上是常有的事，说不定哪个徘徊在附近的人就是便衣。那天，他从场子收了账之后，前往老板给马仔们租的一处住所。刚进去，他就听到外边有人敲门，从猫眼一看，不认识，想必是便衣警察，连忙把收来的一百多万元现金从窗口扔了下去。他们在十楼，楼下是花园，有别的人接应，会悄悄地到花园里把钱转移。开门后，一屋子五六个人，警察却不管别人，直接找到他，他只能装作一副莫名其妙的样子，最终有惊无险，应付过去了。

他说，那次如果不是眼疾手快，把钱扔下去，他就惨了，蹲个两三年是没得跑的。

在之前的刑期里，他消停了很多，不得不低调和谨慎，因为如果在缓刑或取保候审期间再惹事，是很麻烦的。他说了两个反面的例子：一个朋友被判缓刑后，跟别人打架，在警察来了之后还非常嚣张，开口辱骂警察，甚至在警车上撒尿，随后就被收监了。按原来的罪行他顶格被判两年，却因这事被判了三年。他还有个朋友的朋友在取保候审期间不老实，去嫖娼，完事后还少给"小姐"

一百块。"小姐"哪肯善罢甘休，一怒之下报警了，说有人抢劫。结果数罪并罚，这个朋友的朋友被判了三年半。

这些听起来万分新奇的事情，充满了荒诞感，让人在窥探另一个世界的同时醍醐灌顶，心生警醒。

后来又碰到一个乘客，是在娱乐会所上班的上海小年轻。我原以为他是服务生，但他说不是，他是在包间里配合客人玩游戏、活跃气氛的，属于气氛组。他打架，别人报警了。而警察来了之后，他竟气焰嚣张地推搡警察，最后鉴于情节比较轻微，被取保候审六个月。

有一天凌晨，天蒙蒙亮的时候，我遇到了一个去网吧的"小东北"，东北话说得那叫一个逗。后来一问，他竟然不是东北的，东北话是跟东北朋友学（xiáo）的。

冒牌"小东北"说："我来上海，跟一个哥们儿学电脑。他学的时候掏老多钱了。我用他的资料，只请他吃吃喝喝就行。"

我学着他的口音说："那老划算了！"

他说："那可不？哥们儿电脑学得杠杠的，一个月挣万把块钱都不成问题！但是有一天晚上，他喝了点小酒，就飘了，看到邻桌有人看他，二话不说，过去就打……"

我说："你等等。按照惯例，不是一般先问'你瞅啥'，然后对方说'瞅你咋的'，再说几句'不行练练'，接下来才会开始打吗？"

他说:"不,我这位哥们儿是个人才,仗着自己块头大,不按套路出牌,直接省略了中间流程。打了一阵后,对方必须报警啊!然而警察来了之后,他又趁着酒劲打伤了警察。用他自己的话说,打了'三拳五脚',这就没法整了,你说是不?"

打人是要受到惩罚的,所谓"打赢坐牢,打输住院",打警察那就更使不得了。他这位比较彪的哥们儿把警察打成了轻伤,据说已经赔了十多万元的医疗费,还得承担刑事责任,大好的前途就毁在这"三拳五脚"上,毁在酒里了。

不务正业的司机

一位女乘客坐上车之后,说:"师傅,去杭州路临青路。"

我对那边不太熟,于是对着手机导航语音识别:"杭州路临青路。"

不料手机导航没识别成功,我又说:"杭州路临青路!"

还是没识别出来,我继续说:"杭州路临青路!"

女乘客有点生气了:"对呀!是杭州路临青路!"

我赶紧解释:"我跟高德地图说呢!"

她又好气,又好笑,无奈地说了一声"哦"。

路上,她手指前方,问:"师傅,在车尾巴上贴的壁虎是什么意思?"

我说:"这个啊,壁虎就是'庇护',谐音,保佑行车平安的意思。"

回答这样的问题让我很受用,有一种知识膨胀的感觉。

她说:"原来是这意思啊,我一直纳闷呢。那有的车顶上坐个小蜘蛛侠,干吗呢?"

我说:"那是车主有钱烧的,因为这样做有安全隐患,属于违法,被交警看到是要罚款的。别说美国的蜘蛛侠,就是国产的葫芦娃也不行。"

快到的时候,她问:"师傅,你给搬家吗?"

我说:"我是开车的啊。"

她说:"帮我个忙吧。没多少东西,我都整理好了。我多付你点费用。"

我说:"现在有货拉拉,你用手机下个单,很方便的。"

她说:"那还要下载软件,太麻烦了!我东西很少,没那个必要。你就帮我一下呗。"

我问:"东西真的不多?"

她说:"真没多少。"

我决定帮她。记得中学生物老师曾经说过,睡眠是最充分的休息方式,而用一种劳动代替另外一种劳动,是最积极的休息方式。我已经开了三四个小时的车,有点累了。为了积极地休息一下,我答应了她。

她即将搬离的公寓在杭州路的一个市场里,市场不怎么嘈杂,公寓里也挺干净。

她住三楼。我们到了三楼后,隔壁一个穿睡衣的女人开了门,在楼道里走动。狭路相逢、擦肩而过的时候,女乘客用不大不小的声音说了句:"傻逼。"

那个女人没理会这个挑衅——她长得比女乘客好看多了。

后来,女乘客把一些衣撑装到包里,我站在楼道里等。那个女人又从我身边经过,白了我一眼。

我感到莫名其妙,心想:我跟这女乘客没啥关系啊!我只是个搬家的——不,我只是个司机。你怎么还把我记恨上了?不过男人活着,总会被几个女人记恨的,对吧?无所谓了。

搬了两趟后,就剩下一面半人高的镜子了,是裸镜,没有边框和底板,只是一块涂了反光涂层的玻璃。女乘客递过来两块毛巾,说:"师傅,麻烦你一下,小心别割到手。这块镜子我舍不得丢,你知道,女人嘛。"

勉强地把镜子塞进后座,又怕把镜子颠破,我一路上行驶缓慢,终于到了两公里外的目的地。这是个不大的小区,女人在八楼新租了一间房,是跟别人合租的。把东西搬完后,除了车费之外,她又付了二十块钱。

她省了钱,我也活动了身体,两全其美。虽然额外受了一个白眼,但这又有什么大不了的,对吧?

一人饮酒醉

有两个老头让我印象颇深,虽然他们有很大的不同,但是某方面的气质却极其相似。

一个老头出现在半夜。

夜深人静,在杨浦的某个路口,一个中年女人拦住了我:"师傅,你往里面走一点,接一下我的客人。"

行驶了大概一百米后,只见女人进入一家昏暗的小酒吧,我把车子停在路边。不一会儿,她让一个瘦高的男人搀着一个老头出来了。老头走一步,停一下,走得极慢,估计是腿脚不方便。瘦高男人和中年女人把他艰难地扶上车,挥手跟他告别。

老头要去的地方不远。出发后没多久,他问:"小弟,老板娘你不认识吧?"

我答:"不认识。"

"真不认识?"

"真不认识。"

"小弟,老板娘长得挺漂亮吧?"

说真的,对于那个年龄的女人,我暂时还欣赏不来。风姿绰约也好,风韵犹存也罢,她可能更吸引老头这个年龄的人。我含糊地答道:"还行吧。"

老头又问:"你真的不认识她?"

我哭笑不得地说:"真不认识,她是在路口拦的车。"

老头终于展现出放心多了的神情,说:"小弟弟,你别看我喝酒了,我清醒着呢!我的腿没事,就是这个腰椎啊,搞坏掉了。我没有别的爱好,就是爱喝酒。这小酒吧很对我的胃口。"

我心想,是老板娘对你胃口吧?同时,我被老头排除万难、不畏艰险地出门喝酒的精神所打动,好奇地问:"腰成这样了,不耽误喝酒?"

老头大声说:"不耽误!喝酒嘛,喝几十年了,现在照样能喝。医生不让我抽烟,这个酒啊,喝点没事。"

"小弟啊,你说这个人啊,什么最厉害,人的身体最厉害,最起码让你用几十年对吧?我腰椎不行了,但也能慢慢挪着走路;牙齿不行了,哎,但是舌头还可以,还能尝出来酸甜苦辣咸,喝起酒来还是有味;最厉害的是心脏,扑通扑通工作几十年,一刻也不停的,停了就麻烦了,对吧?"他说道,"等心脏不跳了,人就没了。就是这么简单!人活着,别太在乎那些不应该在乎的!你看我,都成这样了,我该搞的事情,还是要搞,别人说什么,不管他们。钞票啊什么的,我也不准备带走,我也不准备留下,这辈子正好花完是最完美的,儿孙自有儿孙福,我这点钞票他们也懒得惦记。"

我一边开车一边听着这些从未想过的事情,有一种说不出的新鲜感,这老头有点意思。

后来他说:"我最大的财富就是一套房子,是多年前用我父亲的身份买的,那时候花了两万七,也就现在售价零头的零头。在那之前我住在武定西路万航渡路,武定西路原来叫开纳路,万航渡路原来叫极司菲尔路,1943年改的名。其实是先改的梵皇渡路,后来才改成万航渡路。上海很多路名以前都是洋人的名字,后来都改成了中国的地名。最早用中国地名当路名是在英美租界合并的时候,租界合并以后,英国人和美国人都很鸡贼,都要用各自国家的人名或地名来命名公共租界里的道路,都不让步。后来没办法,想了个主意,就是全都舍弃不用,而是改用中国的地名。你说这不就是鹬蚌相争,渔翁得利嘛!当然,中国本来就是上海的主人,但这些老外开了上海用地名当路名的先河。当时他们还定下,南北走向的用省名,比如河南路、福建路什么的,东西走向的用城市名,你回头查一查,很有意思的。"

确实,很多人来上海,都会惊奇于上海有这么多以地名命名的道路,大部分人还能在路名里找到自己的家乡。

其他城市也有类似的现象，但地名的规模都远不及上海这么大。

其实，我以前就关注过这件事，后来更是仔细地去查了相关资料，正如老人所言，上海的道路命名史，简直是一座趣味十足的宝库。

最早用行政区划命名道路，确实源自当初的租界，南北走向为省名，东西走向为城市名。当然也有例外，比如东西走向的，不但有广州路，也有广东路。这可能源于翻译的问题，因为当初起名时都用英文，"Canton Road"这个词在早期中外交往中既可理解为"广东路"，也可理解为"广州路"，只是被中国人翻译成了"广东路"，而广州路是后来才出现的。

1865年英美租界当局提出的这套以中国地名命名道路的规则，基本停留在公共租界的中区，即原黄浦江、苏州河、泥城浜（今西藏中路一线）和洋泾浜（今延安东路一线）四条河流的范围之内。就整个上海来说，大量道路是以外国人名命名，夹杂着其他各种杂乱的命名情况。以省市命名规则的进一步扩大，是在日本占领上海期间，通过汪伪国民政府施行的。一方面是去殖民化，以欧美人名命名的、以除日本外其他国家地名命名的、带有旧租界痕迹的道路统统改名，另一方面道路系统里中国地名更大规模地出现。有趣的是，在路名整改过程中，小部分参照音译，居然暗合了中国的地名，可以说是藏匿在历史变迁里的彩蛋。比如邓脱路（Dent Rd）改为丹徒路，窦乐安路（Darroch Rd）改为多伦路，海能路（Hannen Rd）改为海南路，海勒路（Hailar Rd）改为海拉尔路，韬朋路（Thorburn Rd）改为通北路，爱而近路（Elgin Rd）改为安庆路……

新中国成立后，这种命名规则延续了下来，并且根据该地区在上海市的位置，对照选择出全国范围内相应方位的省份，然后就以该省的地名来命名这一地区的道路。比如杨浦在上海的东北，所以辽宁省和吉林省各城市的路名基本上都出现在这里；更偏东北的宝山，是黑龙江省路名的天下；陕西省的多在普陀；而新疆则对应嘉定的路名；山东省的多数集中在浦东；云南省的一般出现在闵行；广西的则是在徐汇……

再说回这个老头，快到目的地的时候，他说："小弟，待会你能不能扶我一下，走平路还可以，上那个路牙子有点难。"

我这么爱助人为乐的人，马上答应他了。

在他指定的一个路口停了车，结完账，他执意不让我找零。我扶着颤颤巍巍的他穿过马路，能感觉到他的胳膊很有力。上了路牙，我正纳闷这里没有小区的入口，他指着前面的花坛说："我在这里靠一下，有人开车来接我，你忙你的去吧，谢谢了！"

我有点搞不明白了,看来,他还没有到家,不过既然他这么说,肯定会有人来接他。

我告别了这个神秘的老头。

龙柱之谜与澳大利亚

另一个老头也是在晚上出现的,时间要稍微早一点,九点多,从提篮桥附近上的车。

这老头戴着眼镜,头发花白,一上车就说:"前面大转。"

我说:"没问题,大转。"

有的乘客不跟你说目的地,喜欢指挥你左转、右转或者直行,一般都是对路线比较熟的人,需要转弯时会提前告诉你。

我以为这个老头也是这样,但其实并不是。

他又说:"小弟弟,听你口音不是本地人啊?"

"确实不是。"

"那我说大转、小转,你能听懂吧?"

"肯定能啊!怎么说也开半年了。不过这种说法好像就上海有吧?"

"应该是,上海人的左转就是大转,右转就是小转,直行都说笔直开,但上海哪有那么多笔直的路啊?都是弯弯曲曲、七歪八扭的。"

"上海的路况确实复杂,我也是过了好久才适应。"

"你开半年了,对路线也差不多熟了。你跟我讲,去莘庄怎么走?"

"在前面进外滩隧道,然后上延安高架转南北高架,鲁班路立交再转内环,接下来转沪闵高架,这是最近的路。"

他笑了:"哈哈,小弟弟还可以。就这么走,我去莘庄找朋友打麻将。怎么样,喜欢上海吗?"

"当然啦!不喜欢就不会来了,就是在上海开车有点难开。"

"有什么难的?你还不够熟悉,熟了就简单了。黄浦的司机嫌弃在普陀开车麻烦,有苏州河十八弯,还有铁路,到处都是桥,兜兜转转;普陀的司机又嫌弃在黄浦动辄就遇到单行道,去哪里都得弯弯绕绕——都是因为对路线不熟。等熟悉路线了,一切就都简单了,车也好开了。"

"也是。可是上海这么大,即使我天天开,没一两年,也是熟悉不起来的。"

"找规律,你得善于找规律。上海市区的几座大桥,你知道为什么叫这样的名字吗?"

我说:"徐浦大桥,徐汇区的大桥;杨浦大桥,杨浦区的大桥；卢浦大桥，原来卢湾区的大桥；至于南浦大桥，我不太清楚。"

老头说："你是只知卢湾，不知南市啊！不过知道原来有卢湾区已经很厉害了。南浦大桥是原来从南市区到浦东的大桥。哪个区到浦东的大桥，就叫'×浦大桥'。你要是善于观察的话，还会发现，从正面看，徐浦大桥的立柱是个瘦'A'，卢浦大桥的钢拱是个胖'A'，南浦大桥立柱是个'H'，杨浦大桥是个倒'Y'，这些都很有意思的！"

我回想了一下几个大桥正面的形象，还真是这样的，不禁说道："真是听君一席话，省我十本书啊！"

老头哈哈哈地笑了起来。

这时候，车子已经上了延安高架，即将转入南北高架，延安东路立交桥上有点堵车。

延安东路立交桥是上海的交通中心，中间那根装饰有龙纹浮雕的圆柱，顶天立地，气势恢宏，跟其他立柱合力托举着多达四层的高架路主路和匝道。每次经过，我都要多看这根"龙柱"几眼。

老头突然问道："你知道'龙柱'的故事吧？"

我说："听过一些，说是桩基往下打桩的时候打不进去，因为地下有'龙脉'，后来请了一个和尚做法七七四十九天，然后再打桩，才打进去了。这事儿是不是真的？"

老头笑了，说："都是乱讲！有人说请的是法华寺的和尚，有人说请的是静安寺的和尚，还有人说请了尼姑的，都是胡说八道！根本没有的事情！我也是搞工程的，当时这个项目的施工队有我认识的人。上海是长江下游的冲积平原，地质情况不复杂，桩打不进去，是技术不行。你想嘛，'龙柱'高三十二米，桩基的钢管得深入到地下六十多米，以当时的技术，是有很大难度的。后来换了专门造桥的专家张耿耿，把这事儿给解决了。"

我问："那柱子上的龙纹不是为了镇住'龙脉'？"

他笑了起来，然后突然用很低的声音说："我告诉你一件事啊，你不要跟别人讲。其实，上海真有龙，我见过。1993年，正是当时'龙柱'桩基的钢管打不进去的时候。那时候很多人说半夜看到有东西从屋顶上飞过，或是在路边的树梢掠过，但什么也看不见，就像一阵风一样，有时候高压线上还会闪出火花。很多人说是有鬼，只有我知道那是龙。因为别人看不到的，我能看到，我小时候就见过真的貔貅……"

不管他的话是真是假，我顿时来了精神，赶紧问："你一共见到过几次？龙具体长什么样子？"

他说："就两次。一次是在静安，另一次是在黄浦。那时候我三十多岁，住在南京西路。有一天晚上我骑摩托车回家,突然听见头顶有树叶相互摩擦的声音,哗啦哗啦,赶紧抬头一看,看到一条像是巨型带鱼的东西正缓缓地从树梢经过。后来又看到了爪子,我就知道那是龙了:龙身是土黄色的,有鳞,但是鳞片跟画里的不太一样。画里的鳞片像扇形的鱼鳞,真的鳞片是梯形,很大,看上去湿漉漉的。"

我问:"龙头呢?是什么样子?"

他说:"第一次我没看见龙头,追着它跑了两条街,最后跟丢了。第二次的时候看到了!我是主动去找的,因为见过第一次后,我隐约感觉还能再见到它,所以晚上没事的时候就在那附近转悠,后来果然见到了——可是那东西哪儿是人能追得上的?我追着它跑了十多分钟,就不见它的踪影了,不过还好已经看见了龙头的模样。龙的两只眼睛是亮的,闪着绿光。它好像有一次转身的时候还看了我一眼,把我吓了一跳!龙角没多长,也没多好看。它鼻子上湿漉漉的,没有吐火,吐着哈气……后来我把这事告诉身边的人,他们都不信。后来我还去找过它,可是就再也没见到了……"

听着这些稀奇古怪的事情,时间过得很快,车子已经转入沪闵高架了。

"我知道你不信。如果不是亲身经历,我也不信。我……太怀念那条龙了。"

老头不说话了，好像一瞬间便坠入伤感的深潭里。

过了一会儿，他说："遇见龙这事儿，我身边很多人都知道。不过还有一个秘密，我从来没有对别人讲过。你知道内环和澳大利亚有什么联系吗？"

一个是上海的内环高架路，一个是澳大利亚，能有什么联系？我摇摇头。

他问："你不觉得内环线的轮廓很像澳大利亚的海岸线吗？"

我在脑海里对比了一下，觉得还真是这么回事。

他笑了笑："对吧？"

沉默了一下，他又说："我搞的。"

我诧异地问："内环路是你设计的？"

"当时我是设计成员之一。当初大家集思广益，设计了好几套方案，最后选了我的。其实当时我也很头疼，后来灵机一动，才想到这个方案的。我在澳大利亚留过学，还交了一个当地的女朋友。她非常漂亮，有点像戴安娜王妃。我们经常骑着摩托车到野外玩，有时候还去桉树林里寻找考拉——你知道考拉吗？它比澳大利亚遍地都是的袋鼠要少得多，基本上等于澳大利亚的熊猫，是国宝级动物。考拉也叫树袋熊，但不是熊，这跟熊猫正好相反。别看熊猫叫猫，其实是熊的一种，不光吃竹子，饿极的时候也吃肉，很凶残的。考拉只吃桉树叶，桉树又很高，所以考拉一般待在高高的桉树上。即使发现了考拉,我们也得用望远镜才能看清楚,偶尔运气好时才能在地面遇到它。考拉只有在生病或者换树的时候才会从树上下来,这小东西见人也不逃。你可以随意摸它,抱起来玩也行。它很可爱,反射弧很长。有意思的还有桉树,一棵桉树上有好几种叶子,新叶子卵形,有绿色的,也有苍白的,长成之后变得细长,很像特大号的柳叶。澳大利亚很是好玩,不过哪怕再喜欢它,我还是要回国的。而我谈的那个姑娘不愿意跟我来上海,所以就有缘无分了——从水清路出去,走到报春路右转。"

他突然横插进来一句指路的话,打断了我对美丽的澳大利亚的遐想。

后面的气氛有些诡异,他不再说话,我呢,一边琢磨着他这些话的真实性,一边又期待着它是真的,因为那确实够浪漫——几十公里的内环路走向,居然隐藏着一个小小的私心。

下车前,他说:"我们最后一次通电话是在三年前。"

然后,他用很快的语速说了一段英语,接着说:"这段话是她挂电话之前跟我讲的,翻译过来就是:一生一世是有穷尽的,我对你的思念是无穷尽的。你瞧,她也想着我呢。"

这个老头真是一座活宝藏。我对他讲的故事揣摩许久。他见到龙的故事肯定是逗我玩的,甚至是他临时编出来的。而不走运的爱情决定了内环路与澳大利亚的轮廓相近这件事,八成也是杜撰,因为工程师是不可能把几座斜拉桥的索塔叫作"立柱"的。

不过,即使这是杜撰出来的,也很有趣,他应该有过在澳大利亚生活的经历。我去过云南,那里有大量从澳大利亚舶来的桉树,奇怪的树叶同样吸引了我,他所描述的跟我仔细观察的一致。虽说老年生活已经安逸如斯,可是那块大洋彼岸的广阔陆地,依然萦绕在他的心里。一生一世是有穷尽的,对另一块土地的思念是无穷尽的,对吧?你瞧,他还想着澳大利亚呢。◆◆◆

见鬼

我彻底崩溃了，脑袋好像爆炸了一般。

通过后视镜往后边一点一点地瞄，是……是已经下车的那个女孩！

"师傅，你怎么不走了？"她问。

我哆哆嗦嗦地起步，前面路口的红绿灯仿佛是遥远的星星。虽然我对日本的恐怖电影没什么兴趣，但《午夜凶铃》《咒怨》什么的也都是看过的。我不禁想到从电视机里爬出来的贞子，想到那个阴森忧郁的小男孩……以前看的时候没感到害怕，现在我却觉得毛骨悚然。

宝贝对不起

夜晚十点左右,我送一个花枝招展的泰国女孩到南阳路的一家酒吧——严谨点说,也可能是个泰国男孩。

路上,这位年轻乘客一直在看短视频,软甜又带有颤音的泰语很有识别度。作为一个资深网民,多年来我从泰国广告和泰国恐怖片里耳濡目染了太多。

不知道是男是女的泰国乘客下车后,我在酒吧门口逗留了两分钟。各种肤色的年轻男女或在街道上站着,或倚靠在已经打烊的店面橱窗前,热热闹闹,但并无人乘车。我只好往前开了一段路。

没开多远,一个年轻男人上了车。他说:"到桂林西街400弄寿德坊取个东西,再回来。"

作为一个南阳人,我对南阳路还是很感兴趣的。在这短短的不到五百米的南阳路,曾经发生过一件轰动国内的意外事件:2002年的夏天,香港电影演员陈宝莲从南阳小区二十四楼一跃而下,结束了自己二十九岁的年轻生命。陈宝莲出生在上海,从小被外婆带大,十多岁时到香港投奔母亲,十七岁时参加亚洲小姐选美大赛但落选,却阴差阳错地开始了出演三级片的生涯。她凭借《聊斋艳谭之灯草和尚》一举成名,其最为人熟知的角色是在周星驰电影《国产凌凌漆》里的美女杀手。陈宝莲在戏里风情万种,在戏外却情路坎坷。后来,事业发展受阻的她,做了台湾著名的丑男富豪、花花公子黄任中的干女儿,并与其在感情上纠缠不清。据说,她有过多次自残和自杀未遂的经历。陈宝莲不幸逝世时,尚有一个半个月大的儿子嗷嗷待哺。后来这孩子被王菲当时的经纪人接走并抚养,如今也该长大成人了。

我很想知道上海人对这件事的看法。坐在副驾驶座上的这个年轻人,看上去挺随和的。于是,我试探着问他:"你在这边住吧?"

他说:"对的。"

我问:"那你知道陈宝莲吧?"

他冷冷地说:"我刚才上车的地方,就是南阳小区。"

我喜出望外:"那你……"

他打断了我的话:"我搬到这里才八九年。"

他显然不想再往下聊。于是我也闭口不言,专心开车。

经过徐家汇,车子进入衡山路地道。这时,车载广播突然自己打开了,在播放一首歌,是草蜢乐队的《宝贝对不起》:"宝贝对不起,不是不疼你,真的不愿意,又让你哭泣;宝贝对不起,不是不爱你,我也不愿意,又让你伤心……"

正在拨拉手机的男乘客一怔,马上回过神来,急切地说:"啊,师傅!快关了,快点!"

他一边说,一边往中控的诸多按钮上按。我不知道他为什么突然有这么大的反应,赶忙关了广播。

他又说:"还是徐家汇,你是故意搞我的吧!"

我有点丈二和尚摸不着头脑,纳闷地说:"什么故意的?广播这些天有毛病,经常会自己突然间打开。"

他没再说话。过了一会儿,他问:"师傅,你不知道上海人不能听《宝贝对不起》吗?"

我说:"这个真不知道。还有这说法?"

他说:"唉。"

这一声叹息里,仿佛包含了无尽内容,至少有对我的失望,还有对上海人听不得这首歌的无奈。

我很好奇,说道:"那你说来听听呗。"

他沉默了一下,问我:"徐家汇的太平洋百货,你知道吧?"

我说:"那肯定知道啊。"

他说:"太平洋百货,从1993年开始,一直到2002年,都一直在放这首歌。"

"为什么反反复复放？没别的歌？"

"对的，但也不是一刻不停。整点报时，都是放这首歌，一天下来，最起码放二十几遍吧。后来太平洋百货别的分店也都是放这首歌。"

"这到底是怎么回事啊？"

"说出来怕你不自在。别看大白天太平洋百货里人来人往，热热闹闹，一到晚上就不安宁了。儿童区毛绒玩具经常从货架上掉下来，撒得满地都是。第二天理货员把它们一个个码好，晚上又会掉下来。在这一楼层的很多理货员做着做着都不做了，哪怕给他们工资加倍也不行，受不了那刺激啊！后来终于招到了两个胆大的。"

"装个监控不就真相大白了吗？是人捣的鬼，还是鬼捉弄人，一清二楚。"

"那时候哪有那么多高科技？再说了，花一大堆钞票，装几个摄像头，如果拍到玩具真是无缘无故地掉下来的，那不就更吓人了吗？现实版《鬼影实录》！所以，还是留点悬念的好。那时候，我的一个亲戚在太平洋当保安，说有一次夜里关张之前巡逻，听到刚清过场的区域有脚步声，就循着声音去找，结果连个人影都没有。有时还会听见小孩子的笑声，但是怎么找也找不到人。后来每次巡逻，都得保证至少两个人一块才行。你说徐家汇这地方，是上海的交通要道，西南角最繁华的地方，为什么会发生这些奇奇怪怪的事情？有人说太平洋百货开业后生意太好，惹恼了竞争对手，人家就故意搞事。你不是太平洋百货吗？我就让你不太平！后来，有一天，一个妈妈抱着一个八个月大的婴儿来逛商场。那婴儿突然从她怀里蹿下来，一溜烟往前跑了。你说，才八个月大，有哪个婴儿会跑？还跑那么快。当时包括理货员在内的好几个人都在现场，都吓坏了。孩子的妈妈吓得一哆嗦，连忙去追，后来在卖玩具的货架那里找到孩子了，这孩子正趴在地上大哭呢。"

我也算胆子不小的人，但听到这里，立刻感到毛骨悚然。

男乘客接着说："这件事过后，老板坐不住了，请了一位有名的风水大师来做法。大师说，发生的这些事情跟商场里滞留的怨婴有关，因为以前这里是育婴堂，也就是基督教会收留弃婴和孤儿的地方。后来发生淞沪会战，上海遭到炮火轰炸，育婴堂被炸毁了，很多无辜的孩子都冤死在这里，所以他们的灵魂满含怨气，几十年后还没有消散。风水大师出了个主意，于是就有了后面的故事。"

这时候到了寿德坊，乘客上楼去取东西。我则趁这个间隙，飞快地用手机查了查太平洋百货的诡异事件。网上果然有很多玄而又玄的说法，其中最为一致的是，《宝贝对不起》这首歌就是为了抚慰那些怨婴所放。不知道为什么，我突然想起金庸的《天龙八部》，小说里"四大恶人"中的老二叶二娘，因为她的儿子出生不久就被人抢走，她悲痛至极，精神受了刺激，变成了一个每天去抢别人的婴孩并虐待致死的恶魔。

没过多久，男乘客下来了，提着一个大纸袋子，还是坐在副驾驶位。我们马上返回南阳路。

我继续刚才的话题，问他："所以说，播放《宝贝对不起》就是那风水大师的主意？"

"你只知其一，不知其二。这首歌，根本就是商场老板远赴香港，请草蜢那些人为安抚怨婴而创作的！没有那些怪事，也不会有这首歌。"

我感到惊奇。谁会想到，这竟然不是一首情歌。

他接着说："这首歌是先在商场天天播放，然后才慢慢火起来的。每天重重复复地播放，百货大楼里果然没有怪事发生了。你说神奇不神奇？对了，走别的路，避开徐家汇。你这广播再坏一次，我心脏可承受不了。"

我心想，一个大老爷们儿，怎么这点胆量？嘴里说道："那行，从斜土路走得了。"

男乘客不再说话。我琢磨着他说的这些事情，心里不由自主地哼起《宝贝对不起》的旋律来。

"嘘！"男乘客突然把食指竖在唇下，朝我眨眨眼睛。

我根本没发出声音。他竟然也听到了？

就在这时，我感觉后座突然传来窸窸窣窣的响声，伴有婴儿咯咯的笑声，我的汗毛马上竖起来了。看了男乘客一眼，发现他正在目视着前方，面无表情。我不敢回头看，也不好意思问他有没有感觉到奇怪的动静，只好故作镇静，继续开车。没事没事，我在心里安慰自己，光天化日（实际上是大晚上），朗朗乾坤（光线其实很一般），能有什么诡异的事？我心里兀自忐忑不安，好不容易挨到了南阳路。乘客结账下车后，我鼓起胆量猛地向后看，后座空空荡荡的，什么也没有。

突然想到：为什么那首歌放了十年，2002年之后就不再放了？男乘客已经下车了，没法再向他讨教。我不由自主地通过后视镜看那个男乘客，只见他呆呆地立在路边，抱着纸袋子，像极了幽怨的叶二娘抱着一个婴儿。

我疯也似的逃离了南阳路，即使看到招手打车的人也没有停，任由他们在风中凌乱。

上海恐怖故事

两个乘客，一大一小，一个年轻的女人，一个正处于牙牙学语阶段的小男孩。从石龙路转龙吴路北行时，男孩忽然指着窗外，说："鬼！鬼！鬼！"

我心里咯噔一声，连忙往那个方向看。光天化日，朗朗乾坤，并没有发现什么"鬼"，只看到3号线上一列地铁飞驰而过。

都说孩子的眼睛是天眼，能看见大人看不见的东西。我心里估摸着年轻女人也吓了一跳，最起码会觉得纳闷。可这时候，她咯咯笑了起来："宝宝，你别这样，你会吓着别人的，咯咯咯……"

男孩又说了起来："鬼……鬼！"

我仿佛明白了，问道："孩子说的是'轻轨'吧？"

女人说："对对，他才开始学说话，看到轻轨，'轻'字说不出来。我刚才也被吓到了呢。"

女人又跟男孩说："来，跟着妈妈说，轻，轻轨，轻轨……"

当然，3号线并不是轻轨。

曾经在内环高架上，有一个上海大姐跟从外地来上学的晚辈讲："看，那边是轻轨，地下的是地铁，地面、高架上的就是轻轨。"

我不是好为人师的人，所以大多数情况下并不惹人讨厌。我继续默默开车。

上海轨道交通3号线是实打实的地铁。地铁和轻轨不是以在地下或在地上区分的，在地下跑的未必是地铁，在高架上跑的未必是轻轨。比如上海轨道交通6号线就是在地下，可6号线却是轻轨。

区分地铁和轻轨，主要看车体宽度和最大客运量：地铁所选用的车型宽度一般是3米或2.8米，轻轨则是2.6米；地铁的最大客运量（单向每小时客运量）为三万到七万人，轻轨的仅为一万到三万人；还有，地铁的最大时速在一百公里以上，轻轨的在八十公里以下。

当然，现代的运输系统越来越多样化，地上、地下、高架组合式发展，地铁和轻轨混合使用。很多城市官方已经不再使用"地铁"的名称，而是改称为"轨道交通"。

所以，在大城市里，有很多很多"轨"的。

不说"轨"，继续说"鬼"。

有一天夜里，我收工稍微早了点儿，躺在床上，却怎么也睡不着。

一般人看恐怖片，会容易睡不着，而我恰恰相反。睡不着的时候，我总喜欢找一部恐怖片看看，把精力耗费尽了，就会美美睡去。这天晚上，我选了一部韩国的惊悚电影：《哭声》。很多韩国电影都很好看，其中一部分恐怖片、犯罪片、喜剧片相当优秀，一直是我的最爱。虽然《哭声》不太好懂，但还是看得我头皮发麻。影片里有一个神神叨叨的日本人，是惊悚元素之一，让人印象深刻。

好巧不巧，第二天半夜，我遇到了四个日本人。

这四个日本人，三男一女，刚从酒吧喝了酒出来，打车回家。用中文报了目的地名后，几个人开始说笑，说着叽里呱啦的日语。除了时不时蹦出来的"嗨""搜得斯内"，其他我一个词儿也听不懂。

说来也奇怪，日本文字跟中国文字的发音没有相关性，但其文字的字形却跟中文的相互影响——古代时中国影响日本，而到了近现代，中国对西方一些词语的翻译是从日本舶来的，比如经济、文化、科学、希望、生物、法律、社会、支持、分配、世界观等。这个世界就是一锅大杂烩，文明与文明之间相互交织、相互影响。

言归正传，这几个日本人，仿佛让我回到了高中的化学课堂，完全听不懂。只是那时候听不懂，我可以偷偷打盹，现在却不能。在这叽里呱啦的催眠下，还好我没有睡着。十多分钟后，到达了目的地。

后排的一个日本人下车了,他跟朋友们道别:"撒哟娜拉!"

这句话我听懂了。他们又报出一个路口的名字,我继续往前开,去往另一个地方。

又一个日本人下车后,日本女孩说了另一个地址。我马不停蹄,继续出发。

日本人宅男宅女多,都喜欢独居,看来是真的。换作中国人,在不熟悉的异国他乡,早挤一块去了。

女孩下车后,我再继续往前开,车上没人说话了。终于到了要去的小区门口,我有些困,打了个哈欠说:"到了。"

日本男人说:"撒哟娜拉!"

我迷瞪了一下,他干吗跟我说日语?这时候,后座传来了一句男低音:"撒哟娜拉!"

我一个激灵,瞬间把睡意抛到九霄云外——什么情况?莫非我记错了,女孩之前只下了一个人?我丈二和尚摸不着头脑。应该是我记错了吧?

这时候,男低音用听起来有些别扭的汉语说:"师傅,再到天山路水城路。"

肯定是我记错了,别乱想了,出发吧!我对自己说。

很快,天山路水城路的交叉口就到了。绿灯亮了,我问:"过路口吗?"

男低音说:"过了路口后我下来,你再把我朋友送到威宁路新渔东路。"

我愣了,赶紧看了后视镜一眼,后座坐着两个人!

过了路口后,男低音下车了。我心里开始不停地打鼓,到底是不是我记错了?我只好安慰自己,他们应该是五个人,想凑一块回来,于是其中四个人就悄悄挤在后座上,我也没发现超员的情况——这是唯一能解释得通的。

我忐忑地把最后这个人送到威宁路新渔东路的交叉口,幸好不是太远。他下车了,却忘了给车费。我正要让他留步,却听到后座传来一句女声:"师傅,下个路口左转。"

我彻底崩溃了,脑袋好像爆炸了一般。

通过后视镜往后边一点一点地瞄,是……是已经下车的那个女孩!

"师傅,你怎么不走了?"她问。

我哆哆嗦嗦地起步,前面路口的红绿灯仿佛是遥远的星星。虽然我对日本的恐怖电影没什么兴趣,但《午夜凶铃》《咒怨》什么的也都是看过的。我不禁想到从电视机里爬出来的贞子,想到那个阴森忧郁的小男孩……以前看的时候没感到害怕,现在我却觉得毛骨悚然。

日本女孩在一个小区门口下车后,另一个男人操着日本口音说:"前面路口右转,下一个路口再左转,谢谢。"

我反倒镇定了许多，看了一眼计价器，发现里程依旧是十二公里，金额还是四十七元。我明白，我被日本的巫术玩弄，时间在某一刻停滞，陷入某种循环里，出不来了。

可是，这里是上海，又不是韩国、日本，我还会被你们吓住？就像《误杀》里那个父亲一样，我也是看过很多电影的人，已经找到了解决的办法。

到丁字路口的时候，我没有减速，而是加大油门朝前开去。前面是步行道和大理石栏杆，栏杆后面是一条河。引擎轰鸣，汽车极速飞驰，撞断栏杆，俯冲，坠落……

我终于从梦里醒来了，这才想起来：确实是送了四个日本人，确实是到了四个地方，最后的一个送进了这个小区。正好犯困了，我就停下车，睡了一会儿，做了个梦……

都怪昨晚电影里那个神神叨叨的日本人。

跌跌撞撞的相遇

在半夜的万源路，一个女孩送男乘客上车，并对他说："你跟司机师傅讲清楚你到哪里。"

男乘客说："我没事的。到康沈公路秀沿路。"

我打火起步，他们挥手再见。

不一会儿，进入中环，过上中路隧道，济阳路转外环。一路无话。

后半夜车少，三十多分钟后，康沈公路秀沿路交叉口到了。我对男乘客说："前面是秀沿路，过不过红绿灯？"

男乘客说："走，直走，往前走。"

于是，我就顺着康沈公路往前走。

秀浦路到了，我问："到秀浦路了怎么走？"

男乘客说："走，往前走。"

梓康路到了，我问男乘客怎么走。他说："走，往前走。"

梓营路到了，我问男乘客怎么走。他说："走，往前走。"

川周公路到了,我问男乘客怎么走。他说:"走,往前走。"

年家浜路到了,我又问。乘客有些不乐意了:"往前走,走哇!"

我狐疑地沿着康沈公路一路向南,过了周浦。男乘客永远都是:"走,往前走。"

我怀疑他是一台复读机。

前面几公里有条路叫"下盐路"。我估计他是去那里,而不是"秀沿路"。

到了下盐路,我说:"下盐路到了,左转还是右转?"

他说:"走,往前走。"

那我就往前走。过了两个路口,我看了一下地图,再往前走二十多公里就是大海了。我听说过被导航带到河里的司机,要是听这位乘客的,一直这么往前走,估计我要被带到海里去了。我越想越不对劲,康沈公路一路向南,到了与下盐路交叉口这里,纵向的已经不是康沈公路了,而是沪南路。

我突然想起什么了,停下车,问男乘客:"你喝酒了,是吧?"

"喝了。"他说。

"喝的还不少?你知道你要回哪里吗?"我问。

"康沈公路秀沿路啊!"他说。

"好了,我知道了,什么事啊这是。"谜题解开了,我嘟囔了一句。

很快,回到了康沈公路秀沿路交叉口。这会儿他比先前清醒了一些,他所在的小区就在离路口一百米的地方。

本来一百二十块左右的车费,硬是在他的指挥下跑到了二百一十一块。估摸着小伙子是"211"院校毕业的?

我说:"这样吧,你给我转二百得了。"

用微信付了款,他说:"嘿嘿,好玩吧?"

我有些莫名其妙。莫非,他是故意的?

我指着自己的额头,问他:"看见这里是什么了吗?"

他问:"什么?"

我说:"三道黑线。"

那么,你现在也知道了,我职业生涯中最常遇见的鬼,是醉鬼。

有一天晚上,在上海火车站边上的长安路,我又遇到了一个醉鬼。

他四十岁左右,挎个小包,戴着眼镜,看上去文质彬彬,谁知道一开口说话,就像打起了蹩脚的醉拳,呜呜啦啦说不清楚。

后来,他说要去控江路、唐山路交叉口。

我问:"控江路、唐山路有交叉口吗?"

他反问:"没有吗?"

我说:"要不你再想想?"

他想了好大一会儿,说:"对对,我说错了,我去控江路'打釜山路'。"

我明白,他说的其实是"打虎山路"。一些人的口音就是如此——这让韩国人听见多纳闷,好好的干吗要打我们的釜山?

我说:"好,去控江路打虎山路。"

明知山有虎,偏向虎山行。我就往打虎山路的方向开。

男人说:"我就二十块钱啊,多了没有。"

我说:"到那里八公里,差不多得三十块。你不可能就这么点钱的,用微信、支付宝都能支付。"

他说:"我就二十块,骗你我是小狗。"

我去……最烦这些醉鬼了,胡搅蛮缠的,还在我这里装可爱?这不是关公门前耍大刀、鲁班门前玩斧头吗?我不耐烦地说:"没钱你打什么车啊?你看着计价器,什么时候够二十块了,我停车,你就下去,怎么样?"

他突然问:"这里是浦西吗?"

我说:"对啊,那边是火车站。"

他说:"我刚才分明在张杨路,怎么突然间到浦西了?"

我:"……"

莫非他穿越了？别人是穿越到长安，他却穿越到长安路，也是够厉害的。

他又继续嘟囔："怎么到火车站这边来了？奇怪奇怪，太奇怪了，到底是怎么搞的……"

又过了两个路口，他说："我在这里下车啊，你让我下车。"

我正求之不得，赶紧说："好，下就下！"

怕他反悔，确认安全后，我以迅雷不及掩耳之势靠边停车。他给了二十元的现金。我找零后，看他一摇一晃地下车，不禁为他感到担忧。他喝成这个样子，能回到家吗？不过一个哥们曾经告诉我，很多担忧，都是咸吃萝卜淡操心。就像眼前的这个人，他有本事喝醉，肯定也有能力回家。

到了后半夜，我又遇上另外一个醉鬼。其实这时候天已经蒙蒙亮了，离换班还有一个小时，看到一男一女扬招。

女人把男人扶上车后，说："师傅，麻烦把他送到浦东上南路。"

我问："上南路什么地方？"

女人问男人："你家在上南路哪里？"

男人醉得不轻，哼哼唧唧地说："就上南路……"

女人说："你家在哪儿，你不知道？赶紧说，说了让师傅送你回家。"

男人一副难受的样子："不知道,小艾知道……"

女人说："那小艾也联系不上啊现在!要不在这边的宾馆给你开个房间,你酒醒后再回家。"

男人说："不,我回家,上南路。"

女人很着急,我也着急啊。他们再这样磨蹭下去,会耽误我交班的。

我说："他这个状态,我没法送啊,他根本不清醒。"

但是男人还是嘟嘟囔囔,不知道家在上南路哪里,也不愿意去住宾馆。女人一个劲地说不好意思,最后她说:"师傅,往上南路那个方向开吧,我跟着一块把他送回去。真是的,喝酒喝成这个样子。"

走了没多远,男人说:"疼……"

我心想,喝醉了难受肯定是没得跑的,怎么会疼呢?喝到胃疼?

女人说："看看你头上的伤!你把头往这边挪一下,别把血蹭座套上了。"

我这才知道男人是受伤了,问："怎么,摔倒了啊?"

女人说："什么啊,跟人打架了!刚才我们在饭店吃小龙虾,有个服务员叫叫嚷嚷的,比老板都牛逼……"

看来,这个男人吃了败仗。

男人嘟嘟囔囔:"操他妈的,我弄死他……"

女人说:"别说了,你还弄死他?要不是你喝了酒找事,至于打架吗?"

男人说:"我弄死他……哎,我项链呢?"

男人把项链丢了,在车上找不到,也不记得在哪里丢的。

女人说:"师傅,麻烦掉头回去一下吧。他那金链子两万多呢。"

于是我们掉头回去找项链。他们曾在饭店门口逗留,项链可能掉那里了,也可能是打架时被扯掉的。

饭店已经关门了,他们就在门口找,还是没找到。男人说:"报警!把我项链给弄没了,我要报警……弄死他们!"

女人说:"师傅,多少钱?他要报警,让他报警好了,也不用麻烦你了。唉,烦死了,烦死了……"

收了车费后,我松了一口气,不用担心误了交班时间,也不用担心男人吐我车上、把血蹭我车上了。至于他的项链到底找到没有,我也不知道。不过,这个女人真是有情有义。

危险驾驶与至暗时刻

在一家灯火通明的烧烤店门口,我接到两个年轻女孩。其中一个明显喝多了,一摇三晃,被另外一个艰难地搀扶着。上车的时候,她几乎是摔倒在座位上的。

上车前,她们和一个胖胖的男人说着什么。那人身边停着一辆车,车灯亮着。

她们上车后,我开车出发了。突然,胖男人喊道:"你们停一下!"

没醉的女孩对我说:"不用理他,直接走!"

车子转到主路上后,我担心的事情还是发生了,醉酒的女孩吐了,还好没吐在车里。她趴在车窗上,把半个身子探在车外,吐得相当凶猛。透过后视镜,我能看到呕吐物像天女散花一样,高高飘起,撒出一道道并不优美的线条。虽然有点生气,我还是稍微放慢了车速。

没醉的女孩对我说:"师傅,不好意思,把你车外边弄脏了。待会儿让我妹妹给你洗车的钱。"

我只好故作大度地说:"不要紧,先把你们安全送回去再说。"

没想到的是，我刚说完这句话，不安全的时刻马上到来了——胖男人开着他的商务车追了上来。他跟我平行行驶，降下车窗玻璃，大声喊："停车！你们给我停车！"

没醉的女孩说："师傅，你千万别停，不用理他！咱们可以开快点。什么人啊这是，还没完没了了。"

我遵照乘客的旨意，加快了车速。

过了一分钟，胖男人做出了疯狂的举动。他用更快的速度开车追了上来，一边别车，一边吆喝，试图逼停我的车。我变道，加快油门，继续前进，暂时甩掉了他。这时，女孩又开始吐了。我正关注着女孩的状况，突然发现胖男人的车又别在了我的右前方，而且我的车马上就要撞上去了！我急打了一下方向盘，总算避免了一次车祸。

这人已经疯了！我气得要命，准备把车靠边，跟他理论。两个女孩哀求道："师傅，别停车！咱们走咱们的，不理他就是。"

她们没有坐在驾驶位上，没明白刚才是多么危险。醉酒的女孩探过身子，伏在我耳边，悄声说："师傅，不能停车，他不是我老公。"

就算是老公，也不能这样啊！显然，她们怕胖男人做出不理智的行为，我也得为她们的安全负责。我重新提高车速。

这时候，我已经上了高架，车速很快，车流量也大，速度没法再往上提了。胖男人又不断地别车。我意识到，必须停下来了，否则肯定会出车祸的，而我并不想经历这样的车祸。我决定要停车，看这个人到底想干什么。

我停下车，对后座的两个女孩说："放心，他不敢对你们怎么样的。"

那确实是个虎背熊腰的胖男人，但好像我不胖似的，大不了跟他干一架。

我心里多少是有些忐忑的，寻思着车里有什么攻击性武器，对了，储物盒里应该有一个手撑子。我在最左边第二条车道上停住了。胖男人的商务车斜停在前边。他下车了，车门都没顾得上关，站在我车头前方，指着我咆哮："我让你停车，我说我让你停车！"

我打开双闪，悄悄地把手撑子拿出来，以防不时之需。胖男人走到车左边，我把后车窗关上，有两辆车呼啸着从他的身边掠过。这时候，我突然狠毒地想，他被意外撞死是最好的结局，我在车里，大不了受点伤，都是他的责任。

"你想干什么？"我问。

然而他并不理会我，透过车窗的缝隙，对两个女孩说："我没有别的意思，你们这样做有意思吗？我……没别的意思。一会儿，让这个司机把你们送到家。我想说的是，你们这样做，尊重人吗？一点都不尊重人！人要脸，树要皮！树都要皮，人更要脸！你们这样做算什么？毫无廉耻，无耻至极……没一点道德，不是人养的！爹妈没教过你们吗？没有一点教养的东西！走吧！"

胖男人气势汹汹地离开了，两个女孩自始至终没有说一句话。

就这样了？干架的准备我都做好了，但这个胖男人说了这么一段屁话，就走了？甚至连脏字都没有说，看来是在极度缺乏素质的情况下，依旧保持了一定的素质。我感到这个世界太有意思了。

重新上路后，醉酒的女孩继续呕吐，狼狈至极。

我猛然想起来，这个男人在酒驾，甚至醉驾，便说："这个人喝酒了，我打电话报警。你们知道车牌号吧？"

不料两个女孩同时乞求着说："师傅，不要报警！把他抓进去，我俩都麻烦了！"

我说："他这么危险地别车，还是酒驾，刚才没撞车，都是万幸！"

她们继续求我："对不起，给你添麻烦了，千万不能报警……"

我想了想，说："唉，算了。"

到达社区后，没醉的女孩给醉酒的女孩的老公打电话。我在车上等了一会儿，看他们艰难地把烂泥一般的女孩搀扶下车。醉酒的女孩在车门边上蹲下了，又去路边继续吐。她的老公使劲拍着她的背。

我加收了洗车的钱，离开了。

真替这个女孩的老公感到郁闷，他最后是否会知道刚才危险的经历？对方是上司也好，是客户也罢，这个女孩的老公除了使劲拍拍女孩的背，其他的什么也做不了。不过，话说回来，人活于世，各自有各自的难处，有很多不想参加的酒局，还是要去参加，有很多不想做的事，还是得去做……错是那个胖男人的错，没有必要去苛责这个女孩以及她的老公。

说起醉酒的乘客，我还有一次更恶心的遭遇。

在一家KTV的门口，我接到三个喝多了的乘客。这家位于五角场地下的KTV，在我看来颇为神秘，玻璃造型的出入口高出地面一截，不大的招牌上面文字闪闪发光，经常有人三五成群地从这里进出。我从来没见过它里面的真容，只是在后半夜巡游到附近时，总会停在这里排队候客。奇怪的是，每次来到这里，我都会转错方向，而且是南北颠倒。只有把车开出这片小区域，自己才能回到正确的方向感知状态。

这次是两个年轻人请上司吃饭、唱歌后，先送上司回家。一路上两人在言语间对上司极为奉承，其中一个年轻人还是我的同乡。把上司和另外一个年轻人送到家之后，我开车载着这个同乡，上高架，开往嘉定。

到嘉定三十多公里，原本对出租车司机来说是不错的一单。这个同乡一直呼呼大睡，后来醒了。我瞥见他在不安地摇头晃脑，赶紧提醒他不要吐在车上，但他还是没把住门，打开车窗哇哇哇地呕吐起来。我心里暗暗骂着，心想这后半夜的生意肯定是没法做了。

把他送到小区门口后，我说："你吐在车上了，最起码要多付一百块的费用，通常都是两三百块的。"确实，乘客吐在车上，需要多付两三百块，是上海出租车行业不成文的规定。洗车倒是用不了那么多钱，更多的是误工费、精神损失费。但是，这人却死活不愿意给，最后除了车费，只额外给了三十块的洗车钱。我心想好歹大家是同乡，他又吐在车外，就没跟他多计较。然而，随后我把车开到路灯下，查看车辆的惨状时，立马后悔不迭。别说三十块，就是三百块也不划算，哪怕三千块也抵不过这种恶心——呕吐物不但黏附在车门外，副驾驶座前的脚垫亦被波及，而且连内把手上甚至玻璃缝隙里也到处都是，那气味令人反胃……

遇到吐在车上的醉鬼，真的是出租车司机的至暗时刻。哪怕获得足额的赔偿，用气愤和恶心仍不足以形容内心的感受。◆◆◆

坑蒙逃骗偷

　　我突然觉得有些不妙，因为他刚才望向窗外的眼光简直太奇怪了，让人感觉很不舒服。那目光里掺杂着一丝兴奋，升腾着一份邪魅，裹挟着一抹希望，像饥饿的野狼发现了羊群。

　　他，是不是要对某个可爱漂亮的女孩下手？

一个女人去教堂

在上海大学宝山校区附近,我在路边临时停车休息。这时,一个看起来有些滑稽的女人敲了敲车窗。她的脸蛋和额头胡乱地抹着几团白色的东西,也不知道是化妆品还是什么。

来来往往都是客,不拒载,不挑客。我降下车窗。

她问:"师傅,你知道谢恩堂吗?"

我说:"不知道。"

她说:"是个教堂,好像在丰宝路上。"

我说:"丰宝路啊,那我知道,很近的。"

她问:"多少钱?"

我说:"应该是起步费,十六块。"

她说:"那走吧。"

她坐在了副驾驶的位置。我载着她,出发了。

她说:"唉,我今天被人骗了,只好去教堂借点钱回家。"

我感叹道:"哦,现在骗子太多了。"

其实我倒是挺想知道她是怎么被骗的,但向一个刚刚被骗的人贸然打听,好像又有些不礼貌。

女人说:"今天星期五,不知道教堂有没有人。"

我纠正道:"今天是星期六。"

她高兴地说:"哦,今天原来是星期六啊!那一定有人。师傅,你是哪里人?"

我答:"河南人。"

她问:"你老婆和孩子也在上海吗?"

我不喜欢冒昧地打听别人的隐私,但这个女人却相反。于是,我故意说:"我看上去像是能娶得起老婆的人吗?我单身。"

她对我这句话没什么反应,像是想起了什么,说道:"啊,好巧!我上次被骗的时候,没地方住,就是一个你们河南的师傅把我送到这个教堂的。"

我想,教堂真是万能,可以救人于困顿之际,没钱回家给路费,没地方睡提供床,肯定还管饭。这一瞬间我都想把自己卑微的身躯和贫瘠的灵魂交给上帝了。但此时有一个动漫化的声音在我脑海中响起:咦,怎么"肥四"?她怎么老是被骗呢?

很快,就到了教堂,黑色栅栏的铁门关闭着。这个路段比较偏僻。女人说,这是一所新教堂。

我忽略了女人被骗没钱的事实。付钱的时候,女人提醒了我。她问:"多少钱?"

我说:"十六块。"

她犹豫了一下,说:"大哥,那什么,我没有钱。你能不能借我点钱?"

我眉头一皱,心想:原来,你才是骗子啊!今天损失大了。你坐我的车不给钱,还想骗我的钱?

我转换了一副笑脸,和蔼地说:"俗话讲,有困难,找民警。我送你去派出所?"

她眼神里闪过一丝怯意,说:"那我去看看教堂有没有人,借到钱了,就给你车费。"

铁门是锁着的。她喊了一会儿,没人响应。那么,这就是个才刚建好不久的新教堂,还没开始启用,她显然知道这一点。

回到车旁,她说:"里面没人。"

我故作担心地问:"那你怎么办呢?怎么回家呢?"

她说:"我只好在这等着了,或者去找别的教堂。大哥,你知道附近其他教堂吗?能不能送我过去?"

我说:"你能不能别老是麻烦上帝?你家人呢?发个微信,他们不就把钱转过来了吗?"

她说:"我识字少,不会这些呀。"

我说:"那好办,你打电话,让你家里人加上我的微信号,转过来多少钱,扣掉车费,剩下的我给你现金。"

她想了想，说："我手机也被人骗走了，打不了电话。"

我问："你家人的电话号码，你总该知道吧？你说号码，我帮你拨。"

她说："我笨，记不住。"

我心想，你笨你还想骗我，我看上去是有多傻？但受不受骗不是用傻不傻区分的，总会有个别善良的人上当。就像多年前还是少不更事的学生的我，被一个老头用很拙劣的话术骗走了五块钱。

当时，那老头拦下我，说："学生，我来这里打工，钱被人偷了。你能不能给我一块钱？我好去买个馍吃。"

说是老头，其实他也算不上老，五十多岁的模样，看起来憨厚老实，跟我父亲的年纪差不多。正因为这一点，我想起了在外打工的父亲。如果是他不小心落难了，我希望也有好心人帮助他。于是，我没多说什么，给了那老头五块钱。

后来想想，这些人真他妈的可恶，利用人的善良骗钱。

如今这个想骗三五百的女人，同样在利用人的善良。如果善良屡屡受到伤害，真正走投无路、需要帮助的人，反而难以得到援助。

我看着眼前这个可悲的女人，感到很厌倦，皱着眉头说:"一个号码都记不住?那怎么办呢?车费你总得付啊!我的车是烧油的,加油得掏钱。你连十多块都没有?钱被该千刀万剐、五马分尸、下十八层地狱的骗子骗得一分也不剩了?"

女人哭丧着脸说:"大哥,我的钱真被骗完了。"

我说:"那我白拉着你跑了?"

女人说:"那怎么办?大哥,要不这样,你看行不?我去你家,给你做饭,伺候你……"

我赶紧打断她的话:"大姐,请自重啊!你一口一个大哥,你该比我大很多吧?你今天没照镜子吗?你把脸搽得跟唱大戏似的,去我家除了辟邪,没有别的用处,明白不?还是教堂适合你,有忏悔的地方。"

女人:"……"

我说:"有困难,找民警,但送你去找警察,你肯定不去。时间宝贵,我不跟你扯皮了。今天遇到你,算我倒霉。"

我挂上挡,一脚油门,迅速掉头离开了。确实,赶紧离开,去把这损失的十多块挣回来,才是最明智的选择。

派出所半日游

一个下雨的傍晚,我从七宝镇一个产业园接了乘客回浦东。正在赶路,突然右边车体传来"哧啦"一声,我大呼不好,知道我的车被变道的车剐了。

确认安全后,我停下车。没过几秒钟,那辆车追上来,停在右边。我们都降下了车窗玻璃。那个司机说:"我看了一眼,没事,下这么大雨,就算了吧!"

我心想,是你剐蹭了我,我说算了才是算了,你怎么能抢我台词呢?隔着雨帘,我说:"这么大声响,不可能没事的,我们下来看一下。"

但对方没理会我,直接开溜了。

我不是吃素的,我的车也不是吃素的。它喝的是油,吐出来的是烟,输出的是扭矩和马力。我一边赶紧狠踩油门去追,一边在心里默默记下了对方的车牌号,是一辆"赣E"的车,归属地是江西上饶。可是那辆车像疯了一样往前冲。下雨天,又是晚上,视线特别不好,最重要的是车上还有乘客,我得保证乘客的安全,于是放弃了追截,把车停在路边，打电话报案。民警记录了情况，给了我两个选择，要么先送乘客回去，再打报警电话；要么帮乘客打上另外一辆车，原地等交警出警处理。

在晚高峰，尤其是下雨天的晚高峰，打车的难度很大，所以我选择先送乘客回家。

把乘客顺利送达目的地后，我仔细查看了车上的刮痕，刮痕从右前门一直延伸到右后门、叶子板，叶子板还凹下去了一块。我再次打电话报案，被告知五天内（当然越早越好）到案发地的派出所就可以了，到时候会有民警协调处理。

三天后的下午，我到了那个派出所，在接警处排队等候。

这真是一个热闹的地方，两个受理窗口的工作人员，接待加上我共五拨来报案的人。

甲男已经来过不止一次了。他的手机掉在一个路口，已经通过监控看到了捡手机的人，央求民警跟进，调查附近的监控，弄清楚那个人的去向。

甲女通过在网上刷单赚取佣金，一单五块十块的，结算也非常及时，但是刷着刷着就不小心落入了圈套，更确切地说一开始就是圈套：她看重的是一天累计几十、上百甚至几百块的佣金，而骗子盯上的是她银行卡里的几千乃至几万块。这个女人被骗了五千多块，被骗好几万块的也大有人在,骗子真是摸准了人的心理。这种案件一般都很棘手,属于网络诈骗,骗子不在本地,网络IP是虚拟的,微信号也是买来的。

乙男是个开麻辣烫店的年轻老板,新招了个店员,一个十八九岁的小伙子。上班的第一天晚上,新店员就把钱箱里的现金和同事的手机一块偷走了。

民警说:"你这不能按盗窃报案啊,这应该是职务侵占。"

"怎么不是盗窃呢?还是在摄像头下偷走的。"

民警问:"这个人叫什么?"

乙男支支吾吾说不清楚,只有那小伙子的手机号码和已经被对方拉黑了的微信号。

民警问:"连名字都不知道?他到底是不是你的员工?"

"算是吧!"

"是就是,不是就不是,报案材料上必须写明确了。"

"那就是。"

民警又问:"为什么你另外一个店员的手机放在收银台上?"

"上班的时候,为了不影响工作,所有店员的手机都放在收银台。"

"那为什么没有拿别的手机,就拿了这一部呢?"

"因为这部比较贵吧,还比较新。"

在问到被偷手机的型号时,手机机主也来了。但他只知道是小米手机,并不清楚具体型号,因为那手机是他姐姐买给他的,包装盒也扔了。

后来民警通过手机号码查到那小伙子的身份,眼睛亮了一下。那小伙子应该是有前科的。这种案件的侦破比较简单,追回损失的几率颇大,不像那些网络诈骗、电信诈骗的案件。

乙女也是被骗了钱的,被骗得更多,有二十多万块。不管是穷人,还是不太穷的人,只要求财心切,在骗子那里都是容易被收割的韭菜。看来,这个女人闲钱不少,学历也不低,那么她是怎么被骗的呢?玩虚拟币,最后血本无归。她对警察说:"我也没想到会受骗啊!我特别谨慎,刚开始就投了两万,一个月利息就两千多。我试了好几个月,才开始追加金额,一下子买进了二十万……"

警察说:"骗子就是这样的,一开始让你尝到甜头。你越高兴,他也越高兴,他知道能骗到你的钱了……"

"也不是我太轻信,可是这个平台是北京大学一个副教授担保的啊!"

"北京大学的副教授,你就信了?收益高到反常的东西,别说北大的了,哈佛大学的、宇宙大学的都不能信……"

后来，听警察的意思，这个女人损失的二十多万块，大概率是追不回来了。

突然想到前些天，从上海火车站附近载两个年轻乘客去经侦大队。言谈中，得知他们通过熟人的熟人，买了若干理财产品，估计是P2P，钱黄了，专门从外地跑来，到金融公司总部讨说法，没有结果，气得去经侦大队报案。正如俗话所说：互联金融尽是坑，理财路上遍地雷。

终于轮到我了。我又向民警把情况说了一遍。通过车牌号，民警查到了车主信息，给车主打电话询问。我最担心的是对方拒不承认。如果对方火速地把车修了，而事发地又没有监控，那不是死无对证吗？没想到，对方竟然承认了，也愿意前来配合调查，说是半个小时之内能到。

在等待的间隙，一男一女一块来报案，女人还抱着一个小孩。男人说一个朋友失踪了，从前天晚上直到现在也没有联系到，然后又指着抱孩子的女人说："这是他的老婆。"

民警问："失踪人叫什么名字？"

男人说了一个名字。

民警说："不用找了，也不用担心了，这个人在我们这里。"

男人和女人都懵了。人找到了，但是他们更担心了。

男人说："不是吧？在你们这里？"

民警说:"这我干吗乱讲?"

女人问:"是犯什么事了吗?是酒驾吗?"

民警说:"肯定是犯事了,才会被关起来。具体案情现在还不方便透露,你们回去等通知吧。"

民警进了里面的房间,过一会儿又出来了。男人赶紧追上去问:"那能不能让家属跟他见一面?"

民警说:"现在不能见。等案件查清楚了,会通知你们的。"

他们又缠着民警继续追问,想了解更多的信息,但民警还是表示无可奉告。这两个人在大厅里嘀咕了好一阵子,不知道后来怎么样。这时剐蹭我的车的车主来了。

对方一下子来了三个人,都是男性,年龄都跟我差不多。车主留了两撇小胡子。民警让我们双方上缴了行驶证和驾驶证,询问当时的情况,小胡子车主的说法跟我一致。民警对小胡子说:"事实很清楚了,这是你的责任。"

小胡子说:"不是双方都有责任吗?"

民警说:"对方正常行驶,你变道,你说是谁的责任?然后,你还肇事逃逸?"

小胡子说:"没有逃逸啊!我看了看,没事嘛。"

民警说:"行了行了,事实明确,责任清楚。你们是要自己协商,还是走程序?"

小胡子说:"我们协商吧。"

我当然也同意。

民警说:"那行,协商好了之后,回来领你们的证件。"

我们一块去我停车的地方。小胡子说:"这么小的事,还至于报案?"

我说:"你不跑,我报什么案?要不是当时车上有乘客,我肯定追上你了。"

小胡子说:"没事,大家都是来上海混的。看看剐蹭得怎么样,该怎么赔你怎么赔你。"

我想,你们是来混的,我可是立志要做全上海最阳光、最可爱的出租车司机的,我跟你们不一样。但这些小心思没必要让他们知道。我说:"要是剐得轻,也就算了。我干吗报案这么折腾?问题是还要钣金喷漆。"

到车前察看了一番,小胡子说:"两个车门只需要抛光,一百块不到,叶子板这里得钣金喷漆,也就二百块。赔给你四百块,你看行吗?"

跟我的预期差不多,我干脆地说:"可以。"

小胡子用微信转了账,我们又一起回到派出所,确定协商好了。民警把我的证件还给我,对小胡子说:"你变道时疏于观察,导致发生剐蹭,要罚二百元,扣三分。"

小胡子愣了:"怎么还要罚款、扣分?"

接下来的事情就跟我无关了。小胡子肯定得认命,乖乖接受处罚。试想，如果当时他不跑，就地协商，下那么大的雨，也许赔二百块，我都会接受。正所谓：逃逸一时爽，加倍来赔偿，罚款又扣分，结局很理想。当然了，这个结局理想是对于我来说的。

派出所真是个好地方，是一个人类社会的切面，浓缩了人世间千千万万的争执与矛盾，上演着无数或平淡、或离奇的悲欢故事。报案大厅的民警是何其幸运的人，在方寸之间，就阅尽了人间百态。

最佳表演奖

十多年来电信诈骗愈演愈烈，包括其中十分盛行的"杀猪盘"，从只是网上听闻逐渐变成了人人自危的局面，最终在国家的大力打击下，众多诈骗团伙都倾覆了。但反电信诈骗，是一场旷日持久的战争，我们接到陌生电话、收到可疑信息时绝不能放松警惕。

在电信诈骗风行之前，"传统型"的诈骗也为数不少：有的是见财起意，逐渐走上犯罪的道路，比如《天才雷普利》中让人心惊胆战的诈骗；有的是团伙性质，相互配合，比如经典的"易拉罐中奖"骗局，其步步为营的手法、极具戏剧性的现场演绎能蒙蔽许多社会经验不足的人。

在高中即将结束的时候，从郑州坐大巴回家的途中，我真切地经历了一场"最佳表演"的"洗礼"，并且深深地为之"折服"——就是经典的"易拉罐中奖"的终极版本，至今记忆犹新。

那时的中长途客车不是全程走高速公路，而是顺着国道、省道缓慢前行，沿路搭载乘客。当时我坐的大巴不疾不徐地出发，从市区到郊区。一路上下去几个乘客，又上来一些人，其中有一个中年人西装革履，神采奕奕，腋下夹着一个黑色公文包，看起来跟这拥挤的大巴格格不入——我们姑且叫他"西装男"好了——西装男在狭窄的过道里艰难地挪动着，最终坐在唯一空着的座位上。

汽车又一次停靠路边，后排有人下车。一个青年一屁股坐在座位上，兴高采烈。他笑的时候，口中镶的一颗金牙一览无余，有点像《寻龙诀》里夏雨饰演的大金牙。

随后车又停下，上来了几个人，使原本拥挤的车厢变得更加拥挤。其中一个小伙子，十七八岁的模样，着装很随便，典型的乡间孩子——看起来神似王宝强在《天下无贼》里饰演的傻根，我们可以称这个人为"傻根"——傻根挤到车厢中间，握着扶手站直。他旁边是个戴眼镜的年轻人，瘦瘦的"眼镜男"。

大巴继续行驶，一座座小小的山头被甩在车后。

这时西装男接听了一个电话："喂，乔经理，我刚出省城不久，你说什么？怎么这么吵？我在长途客车上呢！我的车坏了，怕耽误生意，我先乘客车。随后司机找人修好车，也会赶去的。嗯，好，就这样吧。"

西装男的声音很大，几乎所有人都能听到。车厢里不知道为什么突然变得安静了。

过了一会儿,西装男接听到第二个电话,依旧用很高昂的嗓门说:"啊,谁?耿建啊!哎呀,老同学,有几年没联系啦,现在还好吧?那可以啊!我?我在省外贸公司上班。哎呀,什么经理呀!巴掌大一个官衔,别提了。好好,以后保持联系。"

那时用手机的人不多,也有其他人接听电话,但声音不大。

西装男的第三个电话:"儿子,放学了?到家了?哎,真乖!爸爸今天出差,你在家要听话。爸爸出差,给你挣钱,回去给你买礼物,好不好?你妈呢?让你妈妈接电话——做饭呢?唉,今天倒霉,车坏了。先搭大巴吧,客户等着呢。嗯,好,挂了吧。儿子今天很听话,你和儿子都要乖。"

最后一句话让人们都乐了。

随后,西装男整理了一下领带,将目光投向窗外,面无表情。

傻根应该是渴了,随手从口袋里掏出一听啤酒。当他拉开易拉罐的时候,汽车似乎颠簸了一下,轰动全车的事情发生了:从易拉罐喷出的啤酒幻化成一条长龙,飞了一丈远,车里许多乘客都受到啤酒的"滋润"。啤酒在人们的脸上和衣服上流淌、聚集、炸裂,车厢内顿时沸腾起来。被溅到的人破口大骂,侥幸躲开的人开怀大笑。傻根瞬间成了全车的焦点，尴尬得手足无措："我不是故意的，不是故意的……"

西装男脱下外套，生气地斥责："你这孙子！"

眼镜男一边擦着脸上流淌的饮料，一边笑着说："你是不是看我也渴了，想让我尝一下？"

傻根也知道这是在开玩笑，可他更不自在了，一时间说不出话来。

乘客们渐渐平静下来，但偶尔还有忍不住的笑声传出。这一突如其来的事件使沉闷的车厢活跃起来。

这时，坐在后排的大金牙一拍大腿，站了起来，大声说："是不是中奖了？有奖的啤酒跟一般的不一样。快打开看看，里面有没有标记？"

经大金牙这么一提醒，整个车厢再次沸腾，连一些打瞌睡的乘客也变得精神抖擞。

本来就不知所措的傻根，愈加六神无主了，猛喝一两口啤酒，呛得直咳嗽。

眼镜男说："别急，我看过广告，说这种啤酒，一旦发现中奖，得慢慢把标记取出来，别弄坏了。来，我帮你弄。"

傻根点点头，他大概知道越着急就越喝不进去，于是干脆把剩下的饮料全倒在过道里。

乘客们的目光紧紧追随。他们看到好好的啤酒被倒掉,纷纷取笑傻根求财心切,或许什么也没有,或许只有几块钱的小奖。但是,所有人都想尽快知道结果,个个摩拳擦掌,仿佛自己是中奖的受惠者。这是车厢里最紧张的时刻,人们激动的心情难以名状。

啤酒倒完了。眼镜男立即夺走啤酒罐,用力摇了几下,里面发出金属撞击罐壁的声音,哗啦啦地响。傻根的脸上堆满了激动。

"里面有东西!"眼镜男大声叫道。

人们议论纷纷,七嘴八舌:

"莫非真是中奖了?"

"他有这么好的运气吗?"

说得最多的是:"快拿出来看看!"

眼镜男把易拉罐举过头顶,开玩笑地对两眼血红的傻根说:"刚才你把啤酒弄我脸上了。要是中奖,最起码得分给我一半!"

傻根急得又蹦又跳,但就是够不着。

眼镜男躲着傻根的拉扯,费了很大的劲,终于把里面哗哗作响的东西取了出来,是一块拇指大小的金属片。看了一眼,眼镜男满是笑容的脸立刻就僵住了。他深吸一口气,大声喊道:"妈呀,十八万!"

车厢进入了空前轰动的状态。大家都半信半疑地凑过去看。

"不会吧？我看是十八块吧，大惊小怪。"

"真的吗？有这样的好事？"

"说不定傻人自有傻福呢！"

傻根愣了好大一会儿，突然反应过来，连忙从眼镜男手里夺那块金属片，但这时金属片已经传到了其他乘客的手里。大家都不敢相信这是事实，可是看过之后一个个都目瞪口呆，不是十八块，是十八万。金属片上清晰地写着：一等奖，十八万。

傻根在摇晃的车厢里追他的金属片，没有一步走得稳的，最后终于追上了。他用手擦擦金属片，定睛看一看，又擦擦眼睛，确认是十八万，顿时欣喜若狂。他脸上丰富的表情让辞海里所有的形容词都黯然失色。

车厢内羡慕、嫉妒、怀疑、愤愤不平的声音此起彼伏："天哪！""这小子竟然中了大奖！""真的假的？"

后排的人不相信，对傻根喊："把那东西拿来瞧瞧！"

傻根举着金属片，挤了过去，嘴里喃喃："真的，是……十八万……"

大金牙把金属片一把抢了过去，仔细看了一眼，说："奶奶的！你小子真有福气。"

傻根生怕大金牙不还给他，赶紧伸手把金属片夺了回来，声音都变了腔调："给我，我的……"他捧着这个宝贝，不知道如何是好。

"你多少钱买的?"有人问。

"三块……啤酒三块。"傻根语无伦次,显然被这骤然降临的幸运吓傻了。

人们窃窃私语,各自打着各自的小算盘。

眼镜男捡起被扔掉的易拉罐,看了看,说:"喂,小子,知道去哪儿领奖吗?这上面写着'广州'……"

有人劝傻根:"赶快回家去吧,让家里人带你去兑奖。"

大金牙把傻根叫了过去。傻根双手紧攥拳头,把金属片护在胸前,哆嗦着问:"干吗?"

大金牙将他拉得更近一些,压低声音说:"你去过广州吗?没去过吧?广州离这儿好几千里呢!你去了,说不定人家还不承认。不如这样吧——"

他把嘴凑近傻根的耳边,嘀咕了一些什么。

傻根想了想说:"你先给我钱,一分也不能少。"

大金牙悄悄地把钱塞进傻根的手里。傻根数了一遍,满意地点了点头,把金属片递给大金牙。这时汽车骤然减速,傻根差一点跌倒。大金牙一把拉住他,又附在他耳边说:"我听见有人商量着要抢你的钱,你最好现在就下车。"

傻根又重新惴惴不安起来,脸上的汗珠子开始滚动。他跌跌撞撞地向车门走去,一下子摔倒在过道里。人们不知道又发生了什么事,目光在他身上聚焦。西装男扶起他,问:"你把奖牌卖给那人啦?"

傻根点了点头。

西装男问:"他给你多少钱?"

傻根将手里的一卷钞票举了举,说:"八百块呢!我不去广州了,太远……"

西装男问:"你没见过钱是不是?那可是十八万呀!妈的,八百块你就卖给他!"

乘客们瞬间明白了怎么回事,都唏嘘不已:

"你这孩子没脑子还是怎么的?"

"要是他家里人知道了,不打残他才怪,这小子!"

"一看就是没出过门的人……"

西装男说:"还不快要回来?那可是十八万呀,你一辈子也挣不了这么多钱!快去要奖牌,过会儿他就不承认了!"

车厢又一次沸腾起来。傻根意识到自己吃了大亏,幡然醒悟,折回去要金属片,途中还撞了好几个人,被他们破口大骂。

"我不给你换了,不换了!"傻根手忙脚乱地把那卷钱塞到大金牙的手里,声音嘶哑地说,"你给的钱太少,我不换了!"

大金牙犹豫了一下,说:"这样吧,我再给你添五百块，一共一千三……"

"别跟他换！别跟他换！"许多声音一起说。

傻根面红耳赤，声音里带着哭腔和乞求："不！我不换，我不换……"

大金牙敌不过一车人带刺的目光，无可奈何地摇摇头，不情愿地把金属片还给了傻根。

这时，那边有人喊："我给你两千，你换不换？"

傻根愣了一下，但最终站着没动。

"我出三千，三千！"这边也有声音喊道，很响。

傻根动摇了，开始朝这边挤过来。

"我给你三千五，过来吧！"这是一个更响亮的声音。

傻根往回走，脸上肌肉抽搐。

"妈的，老子豁出去了，四千！"说话的人举着一叠人民币，像挥舞着一面旗帜。

傻根又换了方向。

"五千！我给你，五千！"又一个声音高叫着。

傻根"迷路"了，像一个小孩一样慌慌张张，不知所措。

出门最好不要带多余的钱，但在这种情况下，人们都感觉到这个训诫是多么荒唐和愚蠢，口袋里没钱的人恨自己囊中羞涩。车厢陷入空前的混乱。

"我银行卡里有一万块，你跟我去取，怎么样？"一个乘客说。

傻根想了想，慌忙摇头。

西装男的烟头从嘴里滑落在地。他狠狠踩上一脚，用不容置疑的口吻说："算准确一点，你去广州兑奖，依手续交税，百分之四十五的比例。你不可能一个人去吧？除去两三个人的路费、住宿费，最后剩一半都不错了。这样吧，我给你两万五，广州你不用去了，怎么样？"

"你有现钱？"傻根的声音颤抖、沙哑。

"我有现钱。我是外贸公司的，不过我没有人民币，只带着美元。"西装男边说边打开公文包，抓出一沓花花绿绿的外币，"这是三千五百美金，兑换成人民币就两万五六了，拿着！"

傻根似乎被外币震慑住了，犹犹豫豫地接过钱。

"我再给你二百美金。"西装男从剩下的一小半中捻出两张。傻根用颤抖的手递出金属片，但又立即缩了回去。

这时，后面有乘客向他要一张外币看看。傻根小心地抽出了一张，乘客们争相欣赏有"100"字样的美金。

"头一次见，美金就是比人民币气派！"有人说。

傻根终于下定决心，把金属片递给了西装男。

"让他再给点，他给得少。"有人说。

傻根反应过来，嘴里说着"不够不够"，一把抓过西装男手里剩下的、来不及装回去的纸币，欢喜地数去了。

"这小子，妈的！"西装男笑着骂道。

西装男要下车了。

"拦住他，别让他下去！"是大金牙的声音。

"欺负小孩，不要让他跑了！"又有人随声附和。

但是没人拦。有人动了动，没有去拦。车停了，车门打开，西装男下车了，车继续行驶。

有位老人劝傻根赶快回家。这时候眼镜男挤了过来，说："小兄弟，你看，这美元你也花不出去，还要去银行兑换。不如我用人民币跟你换，两张一百的换你一张，行吧？

傻根想了想，说："好。我给你换。"

人们恍然大悟。有人说："我也给你换，过来！"

傻根喜出望外，跑了过去。

那边又有人举着钱喊了。

傻根成了大忙人。

眼镜男说："大家都来换，谁不换谁是白痴，过了这个村可没这个店！"

于是人们争先恐后地举钱摇曳。

傻根在车厢里激动地跑来跑去，踩到很多人的脚，几次都险些跌倒，不断招来骂声。是第一次拥有这么多钱吧？是第一次受到这么多人的关注吧？人们看清了形势，一个比一个踊跃。一个年轻人头一次换了一张，一会儿从衣服夹层里掏出三百元,又向同伴借了一百元,再次换了两张,欢天喜地。小算盘在很多人心里哗哗啦啦地响着。

后来一百五十块也能换一张了。换得早的人大吵大闹,找傻根理论,但傻根全然不顾,他太忙了。几分钟后,他抓着一大把钞票,乐颠颠地下了车。

乘客们还是不能归于平静,你一句,我一句,议论纷纷。一个老头生气地说:"兔崽子,二百五!我要是他老子,非杀了他不可!"

换到美金的人满面春风,押着钱,迎着车窗照了又照。

有人计算:"汇率八点二,一张就赚六百多,划算……"

"一百五十块换到的不就更划算了吗?"

"那还用说!"

过了一段时间,人们终于平静了,但平静得可怕,这种气氛异常恐怖。

有人开始感觉不对劲了——通常是一种不祥的感觉一闪而过,接着是迅速地思考,越发觉得不对劲了——再想一想,怎么可能呢?

眼镜男和大金牙怎么不见了?他们什么时候下的车?

一些人似乎明白了,许多人仍一头雾水。有人意识到了问题，还有人依旧被蒙在鼓里。

沉默，人们继续沉默。有人脸色变了。

一位青年对他的邻座说："第二次你就不该换。"

终于有人打破了可怕的沉默，人们纷纷发表观点。车厢里又再骚动起来，众人喧哗。

很快，在众人的七嘴八舌中，那个被不断构建起来的虚幻楼阁，瞬间轰然倒塌。

有人唉声叹气，有人捶胸顿足，还有人开始小声啜泣……

林肯有句话说得好：你可以在一段时间内欺骗所有人，也可以永远欺骗一部分人，但你不可能永远欺骗所有人。对于这些骗子来说，在极其有限的时间里欺骗几个、十几个涉世不深的人就够了。通过扎实的剧本、精湛的演技，以密集的信息不断进行心理暗示，利用人们的嫉妒和贪婪，使其一步一步接近陷阱，甚至陷入疯狂的境地。等大家反应过来，骗子们早已溜之大吉。

那真是现场型骗局鼎盛的时代啊！而这个亲身经历的骗局，可以算作社会给我上的第一课。

奇怪的人

大晚上的,在我住处附近一条挺偏僻的地方街道,竟然有一个人向我摆手,这让我喜出望外。在这个人扬招之前,我就注意到他了。他双手插在上衣口袋里,正在吭哧吭哧地步行。

他是一个年轻的小伙子,长得很像外国人,身上有一股子怪怪的味道,不太好闻,像是狐臭。我悄悄地降下了车窗玻璃。我一般不会这样做,可是这次实在难以忍受。

我问:"你去哪里呢?"

小伙子说:"你给我找一个吃饭的地方。饿了,我要吃饭。"

我猜想,他或许在附近工地干活?幸好对这边我比较熟,知道哪里饭店多。

我说:"吃饭的地方离这里没多远,两三公里就到了。"

小伙子说:"附近是不是有一个什么大学?去那里也

可以。"

我说:"你应该记错了,这边没有大学。放心吧,几分钟就把你送到饭店。"

我们很快便到了那条饭店密集的街道,但不知道为什么这天晚上却人迹寥寥。我把车停在一家饭馆门口,问:"这里可以吧?"

小伙子却说:"我不是要吃饭!这里不行,我要去那种人多的地方。我要买衣服,买了衣服再吃饭。"

我说:"那也简单。附近有个大商场,也不远,两三公里,去那里?"

小伙子问:"人多吗?"

我回答:"应该不少。"

他想了想,说:"行吧。"

我开始琢磨这个小伙子,总觉得他有点问题,但具体有什么问题也说不上来。为什么他要一直强调去人多的地方呢?

行驶了不到一公里,路过一个地铁站时,下班的人群从站里涌出来,有年轻男人,也有很多女孩,或形只影单,或三五成群。

小伙子畏畏缩缩地望着窗外,看看这边,瞅瞅那边,把眼睛都看直了。他问:"这是哪里?"

我说:"一个地铁站。"

他说:"我就在这里下车。"

付了现金后,他下了车,消失在人群中。

我突然觉得有些不妙,因为他刚才望向窗外的眼光简直太奇怪了,让人感觉很不舒服。那目光里掺杂着一丝兴奋,升腾着一份邪魅,裹挟着一抹希望,像饥饿的野狼发现了羊群。

他,是不是要对某个可爱漂亮的女孩下手?

想到这里,我赶紧找路口掉头回来,但又担心错怪了他,那么最好是停下车,悄悄跟着他。他不搞幺蛾子也就罢了。一旦他干坏事,我就一脚踹上去,为了保险起见,最好找块砖头攥在手里……

但是,再也没发现他的踪影。突然,我想明白了:他不是要欺负哪个女孩,他盯上的是行人的钱包和手机。他,应该是个小偷。

我跟小偷也打过交道。

好几年前,在郑州的公交车上,我拽着拉手吊环,当时还没发胖的身躯跟随着车厢的节奏轻微地晃动。突然,我发现一个留着平头的小个子男人有点异常,仔细一看,他在用刀片划拉着一位老人的裤子。

这个小平头的模样有点猥琐,看上去就是那种不务正业、偷鸡摸狗的人,实际上他也确实是。注意到我在看他,他狠狠地瞪了我一眼。

从小到大，我都是一个比较怂的人。这种镌刻在骨子里的脾性，是好事，也是坏事，一方面阻止了我的冒进，保护我平安成长，另一方面又让我丧失了一部分竞争力。我默默地看着那个男人，又一次令自己失望了。是的，我没有勇气去阻止他，哪怕我是正义的。

这时候，小平头已经用刀片把老人的裤子划开了。突然，有人碰了一下我的胳膊。

是旁边的一个女人，大概比我年长几岁，长得很漂亮。她看看我，又看看鬼鬼祟祟的小平头，努了努嘴，欲言又止。我明白她的意思，她希望我站出来大吼一声。但我仍然犹豫不决，眼睁睁地看着小平头用镊子把老人裤袋里的一叠钱夹了出来。

女人继续碰我的胳膊，再次用眼神朝我示意。那眼神是如此焦急、殷切，甚至带着一丝气愤。我满脸通红，一阵羞愧之感当即袭上心头。令自己感到厌倦也就罢了，我怎么能令一位可爱的女士失望透顶？

我决定站出来。

小偷得手后转身要走，我一脚跨过去，抓住小偷的胳膊，拍了一下老人的肩膀，鼓起勇气大声地说："他偷了你的钱！"

老人赶紧低头摸右边的裤兜，却从被小偷划破的口子里摸到了自己的大腿。他知道事情不妙，马上朝前边喊：

"师傅,不要开车门,这个人偷了我的钱!"

师傅马上靠边停车,并且打电话报了警。没过几分钟,警察就来了。作为证人,我与失窃的老人一块去派出所配合调查。那是我第一次坐警车。

下车前,我看了那女人一眼,她朝我笑了一下。天啊,她的笑真好看!

我们到了派出所。老警察给手下交代:"关起来,搜身。注意啊,小心他吞刀片!"

然后警察就开始给我们做笔录。警察让我陈述当时的情况,我如实陈述。当说到"一眼看上去,他就像个小偷"时,我看到警察把这句话也写进笔录了,不禁为他的一丝不苟感到敬佩。

后来得知,老人被偷了三百多块钱。但这些钱在小平头身上没有搜到,应该是被他的同伙转移或者趁机扔掉了。老人很气愤,但警察告诉他,钱很可能没法追回来,可是这小偷有案底,这次栽大了,估计至少要吃几个月牢饭。

老人虽然一个劲对我表示感谢,但是他也感到纳闷:人都抓到了,怎么钱还是要不回来?我有点后悔,如果早几秒钟出手,人赃并获,老人虽说裤子破了,也不至于再损失那几百块钱。

我需要感谢的是那个女人。如果没有她的督促,没有她企盼的眼神，我也只会袖手旁观。只是后来，我就再也没有碰到正在行窃的小偷了。

而这次，我遇见了摩拳擦掌地即将行窃的小偷，可是居然没有认出来，错失了一次"路见不平一声吼"的机会。

小偷一般是惯犯，一旦偷顺手了，钱来得容易，就不会考虑正当职业了，不过也有历经教训后痛改前非的。被网友戏称为"窃·格瓦拉"的周立齐，因为那句充满喜感的名言"打工是不可能打工的，这辈子不可能打工的"，以及酷似切·格瓦拉的形象而成了网络红人。第四次出狱后，他终于表示要过正常人的生活了。在经历了一系列波折之后，这位不打工者在直播行业找到自己的位置，实现了"不打工"的理想。

浪子能回头，是最难得的。希望"窃·格瓦拉"一直自食其力，并且不打工，让这句"名言"闪亮下去，也让我们见证一次他自己都未必意识到的行为艺术。◆◆◆

后记

2023年7月31日，上海太平洋百货有限公司发布了一则公告，上海太平洋百货徐汇店将于2023年8月31日营业结束后正式谢幕，终止经营，结束它三十年的辉煌历程——它是太平洋百货公司在上海最早开业的一家店，也是最后歇业的一家店。8月31日晚上，该公司的管理层站在大门口，不断鞠躬，致谢顾客。随着这一日的结束，太平洋百货就此退出上海的商业舞台。

虽然太平洋百货已成为历史，但是"宝贝对不起"的都市传说还会流传下去，就像一位朋友所说的那样，辟谣总是无趣的，传说才有生命力。上海太平洋百货徐汇店营业的最后一个月，每到整点，《宝贝对不起》又在各层楼准时响起，这是太平洋百货的顾客和员工的"回忆杀"，也为喜欢故事传说的人添加了更多茶余饭后的谈资。（具体详见本书《宝贝对不起》一文）

初到上海时，我并不知道这个传说，也不曾想到会与它发生一些交集。包括后来开出租车对我的人生轨迹的持续影响,也有太多的意想不到。其实我更喜欢初到上海的那段时间,这座城市像一幅巨大的画卷,在我眼前徐徐展开。虽然有些部分我看不太明白,虽然我偶尔也会急躁甚至恐慌,但那种图画缓缓地、逐渐地越来越清晰的感觉,简直太好了。那时,哪怕平平常常的乘客,有一些也令我印象深刻,他们代表着我对这座城市最初的体验。

不过,当时有一种不便利,是语言交流的障碍。上海话对于初接触者,真是太难懂了,丝毫不亚于外语。除了"阿拉"和"侬",别的什么也听不明白,简直让人一头雾水。

刚入行的那些天,最怕老太太、老大爷招手打车。这不,在中山医院上来了一位老太太,她普通话讲不好,我上海话听不懂,好在明白了她的意图:不太远,她给我指路。

然而,还是出差错了。有一个路口,我会错了意,提前右转了。天下着雨,再加上出了差错,我心里紧张,急出一头汗。老太太说:"那我也没什么好说的,我普通话也讲不好,没讲清楚。绕一下就绕一下吧,不要急,你们开车也不容易……"

我在心里默念着"理解万岁",从淮海西路绕了一公里,把她送到了目的地。计价器上显示的是二十三元。我说:"绕路是我没走好,收您起步价,十六块!"

老太太人非常好,说:"放心吧,我不会少给你。我平时打车回来,都是二十块,我还给你这么多!"

我连忙说:"谢谢谢谢!"

很多上海的老人都非常随和,会跟你聊家常,问你是哪里人,有没有成家啊,在哪里"借"房子住啊等等——老一辈的上海人都不说租房子,都说"借"房子。有人说上海人排外,但我没有感受到多少这样的情绪。

一些司机觉得老年人麻烦,看到他们招手也不停,我正好相反。年轻人都会用约车软件,老年人逐渐成了打车人群中的弱势群体,我怎么能忍心看他们一直站在路边?更何况还能遇到很多有意思的老人。

有一次载了一个八十岁的老爷子,在聊天中得知,他是河北保定人,1950年来了上海。他还是说着一口河北话。我问他:"上海话您会讲吗?"

他说:"普通话我都讲不好,别说上海话了!我比较'蹦','港'不来。""港不来"是故意学的上海口音,他说完后眯着眼笑了起来。他又说:"我妹妹就可以,她来得比我晚,但她上海话说得好。她学问高,在老家上的初中,在上海上的高中。"

老爷子是个乐观的人,有老年人少有的好奇心。看到有人往路边一个狭窄的地方钻,他指着说:"嘿,你看那个人从那里钻过去!"进了小区后,一辆送外卖的电动车差点撞到我们的车子,他说:"这家伙,突然间出现!'哈'我一跳!"

还有一次,两位老先生帮一位坐轮椅的老太太上车。其中一位老先生先上车,往车里"搬";另一位在车外,往车里推。大活人不太好倒腾,两位老先生为了用力一致,"一二三""一二三"地喊,老太太不自觉地"啊哟、啊哟"回应,画面和声音充满了喜感。所有人都笑了起来,我也忍不住乐出了声……

有一次在医院门口,接到了一位坐轮椅的老先生,我帮忙把轮椅放到后备厢。回到车上后,老先生的女儿悄悄往中控台下的置物槽里放了十块钱,说:"师傅,谢谢你!很多司机看到我爸这样的,都拒载的,还好你停下了。"

我说:"不应该啊,老人小孩应该优先才对的啊!"

她说:"像你这样想的人不多,很多司机都怕麻烦,恨不得躲着。"

然后我们愉快地聊了一路,他们说到前不久的一则新闻,河南新乡一个出租车司机觉察到坐车的女孩不对劲,结单后尾随对方,在千钧一发之际拽住了跳河轻生的女孩的胳膊,接着连忙呼叫路人,最终合力把人救了上来,阻止了一起悲剧的发生。我说:"这真好。粗中有细,是条汉子!"

从那以后，我空车路过医院附近，总是会往那里去。在大医院附近最不好打车，对老年人来说更是如此。

那天在儿童医学中心，一个中年男人上了车，跟我说："师傅，你帮我一下吧。我的小孩在那边呢，要去另外一家医院。别的师傅都不愿意，你能不能帮帮我？"

我说："没问题。人在哪里？"

见到他的孩子，我才明白他对我说话时的顾虑。那男孩十二三岁，神情忧郁，整个胯部都打着厚厚的石膏，躺在一个用轮椅改成的担架上。男孩妈妈和另一个男人已经在那里等候。三个人费尽力气，终于把男孩抬到车的后座上。接着把轮椅拆卸了一番，装进后备厢，但还有一个装着矫正器的箱子放不进去。另一个男人出了个主意，把包装拆开，纸箱子留下，终于勉强塞了进去。

男孩妈妈坐副驾驶座位，两个男人挤在后座，弄疼了躺着的孩子。对于男孩的情况，我虽然好奇，但不忍心去问，只知道这家人是江西的，看衣着和言谈，他们并不富裕。治病花大把的钱不说，这孩子得受多大罪啊。

还在另一家医院接过一个病人。病人的家属——一个中年女人办完了出院手续，好不容易遇到愿意进医院接病人的我，一个劲儿地道谢。她往楼上跑了两三趟，终于把好几个大包小包全部拎下来，病人也坐上了车。我忙着帮她往后备厢装东西，没看到病人什么样子。

有一个沉甸甸的大袋子，足有几十斤。女人说："这是他的药，你看看，药基本上都当饭吃了！"

我觉得病人应该是女人的父亲。

路上，女人对病人说："这次手术不算什么。三个月后的手术，就是个大手术了，到时候别怕啊。"

病人说："那就来呗，我又不怕，嘿嘿。"

听病人的声音，没那么苍老，应该是她老公？

女人说："你还笑！真是的……"

后来，病人又说："我饿了，一会儿吃什么啊？去面馆吧！"

女人说："还想吃面？医生开的那些药都够你吃了，头一个月只能吃流食，喝粥啊、吃水果泥什么的。"

看来，大概率是胃病。到了小区，他们下车后，我才清楚，病人是一个大男孩，十几岁的样子，看不出来具体的年龄。当时我心里"咯噔"一下，接下来大半天都缓不过劲儿来，一直想着这个年纪不大就疾病缠身的少年。

还好，世界上有苦难，也有困苦中的欢乐；人们有诸多不便，但也一直都在求取更好的生活。我要做的，就是暂且保留住心中的慈悲，去做一个快乐、生动的人，尽情拥抱这座城市，投入这忙碌的人来车往。

开着出租车的我，穿梭在高楼大厦之间，奔波于诸多的隧道高架，日复一日，夜复一夜，每一天都大概相同，每一天又有每一天的新鲜。无论是熟悉的大街小巷，或是偶尔一探的陌生角落，总是让人感到安心。

我尤其喜欢深夜的上海，灯火依旧连绵不绝，但是大部分的人都已经归于梦乡，除了路上疾驰的车辆、路边等车的人，还有牵手漫步的男女，拖着大包小包行李的独行者，喝了酒后打打闹闹的小年轻……他们让这座城市的深夜保持着生动的面目。

那个路边啜泣的女孩，使整个夜晚陷入呜咽；跟女友吻别的外卖骑手，又为街头增添了一抹温柔；横穿街道、爬树上墙的黄鼠狼，是暗夜里的精灵——我曾十几次与它们邂逅。我熟练地开车前行，像轻轻摇动一艘悠然的船，摆渡着这座城市与我有缘的乘客。◆◆◆